로크미디어가
유혹하는
재미있는 세상

ROK
MEDIA
로크미디어

하북팽가
검술천재

하북팽가 검술천재 16

2023년 6월 21일 초판 1쇄 인쇄
2023년 6월 26일 초판 1쇄 발행

지은이 이도훈
발행인 강준규

기획 이기헌 왕소현 임동관 박경무 강민구 조익현
책임편집 주현진
마케팅지원 이원선

발행처 (주)로크미디어
출판등록 2003년 3월 24일
주소 서울시 마포구 마포대로 45 일진빌딩 6층
Tel (02)3273-5135 **Fax** (02)3273-5134
홈페이지 rokmedia.com **E-mail** rokmedia@empas.com

ⓒ 이도훈, 2022

값 9,000원

ISBN 979-11-408-0806-9 (16권)
ISBN 979-11-354-7650-1 04810 (세트)

ROK
MEDIA
로크미디어

이도훈 신무협 장편소설

16

하북팽가
검술천재

차
례

파국 (2)	7
파국 (3)	45
계가 (1)	119
계가 (2)	173
십대세가의 수장 (1)	249
십대세가의 수장 (2)	275

파국 (2)

한빈이 손가락을 튕기자 두 줄기 백색 신형이 뒤쪽에서 튀어나왔다.

그들의 정체는 청화와 설화였다.

사사─삭.

그들은 전속력으로 무림세가의 무사들 사이를 질주했다.

툭, 툭.

설화와 청화는 그들에게 뭔가를 던져 줬다.

그것은 평범한 노란색 천이였다.

설화와 청화의 발길이 얼마나 급한지, 무림세가의 고수들은 말없이 그것을 받아 들고 서로의 얼굴을 바라봤다.

그녀들이 다급하게 천을 나눠 주자 누군가가 말했다.

"이게 뭐지?"

"그러게 말이야, 이런 조그만 천으로는 얼굴을 가리는 것이 고작일 텐데……."

"이 천이 천잠사라도 되는 게 아닐까?"

"천잠사라고……."

그들은 떨리는 목소리로 뒤쪽을 바라봤다.

꾸아앙, 쿵!

계속해서 폭음이 가까워지고 있었다.

이제는 지진이라도 난 것처럼 땅이 흔들거린다.

그들은 누가 시키지도 않았는데 천으로 얼굴을 가렸다.

무림세가 고수들 사이를 누비던 설화가 한빈의 옆에 도착했다.

설화가 제갈공민에게 노란색 천을 건넸다.

"남궁 할아버지, 여기 받으세요."

"이게 대체 뭔……."

남궁장천은 말을 잇지 못했다.

자신의 옆으로 청화라는 아이가 다급히 지나갔기 때문이다.

청화는 제갈공민에게 노란 천을 건넸다.

"여기 받으세요. 군사 할아버……. 아니 아저씨."

"그래, 고맙구나."

제갈공민이 어색하게 웃었다.

남궁장천은 할아버지가 어울렸지만, 자신은 그 정도의 나이는 아니라 생각했기 때문이다.

제갈공민은 눈을 가늘게 떴다.

청화의 뒤에서는 따라온 당광현 때문이었다.

당광현은 청화를 보호하려는 듯 떨어지지 않고 있었다.

당광현은 청화의 소매를 잡았다.

"내 옆에 있거라, 청화야. 무슨 일이 있어도 이번만은 지켜 주마."

당광현은 이를 꽉 깨물었다.

그 모습에 청화가 고개를 흔들었다.

"저는 제 나름대로 할 일이 있어요."

청화가 아무렇지 않게 미소 지었다.

당광현이 대견하다는 듯 청화의 머리를 쓰다듬었다.

"다 컸구나. 하지만 네게 무슨 일이라도 생기면……."

그는 말을 맺지 못했다.

폭음이 코앞까지 들이닥쳤기 때문이다.

꾸아앙!

제갈공민은 뒤를 돌아보며 마른침을 삼켰다.

한빈이 한 수를 준비한 것 같지만, 이제는 늦었다고 생각했다.

신선이 와도 이번 위기는 벗어날 수 없었다.

점점 가까워지는 굉음에 이제는 진천뢰가 자신의 몸을 터뜨리는 일만 남았다고 생각했다.

꾸아앙!

눈앞에까지 폭음이 밀려왔을 때였다.

제갈공민은 담장을 중심으로 피어나는 회색 연기를 보았다.

"음. 팽 공자, 대체……."

제갈공민은 고개를 갸웃했다.

난데없는 상황에 반대쪽 진영의 금선은 고개를 갸우뚱했다.

"대체 누가 독연을 푼 것이냐?"

그의 질문에 대답할 수 있는 자는 없었다.

금와 상단의 이름으로 진천뢰와 벽력탄을 심어 놓는 것은 수월했다.

하지만 독을 사천당가 내부에 심을 수는 없었다.

자칫하면 사천당가에 들킬 수 있기 때문이다.

사천당가는 그만큼 독의 냄새에 민감했다.

금선이 고개를 갸웃하고 있을 때, 가문을 배신하고 금선의 편에 선 남궁무진이 다가왔다.

그 기척에 금선이 눈을 가늘게 떴다.

"하고 싶은 말이라도 있는 게냐?"

"저 독 말입니다. 사천당가에서 방어용으로 설치해 놓은 독탄이 터진 것이 아닐까 합니다."

"흠……."

"주제넘게 말씀드린 것 같습니다."

"아니다. 충분히 가능성이 있군. 하지만 저것마저 저들의 계책일 수도 있는 법이다. 혹시 저들에게서 전해 들은 것이 있더냐?"

금선의 말에 남궁무진은 자신의 품을 뒤졌다.

그러고는 금선에게 쪽지를 건넸다.

그 쪽지는 한빈이 십대세가의 대표들에게 나누어 준 것이었다.

그때 뒤에서 다른 가문의 후기지수도 그가 받은 쪽지를 금선에게 건넸다.

두 개의 쪽지를 읽고 난 금선은 자욱하게 연기가 퍼진 적진을 조용히 바라봤다.

상대는 실로 용의주도한 인물이었다.

아군과 적군을 구별하기 위해 하나의 꾀를 내었던 것이다.

바로 아군에게는 손목에 발광버섯으로 만든 팔찌를 채우라는 제안이었다.

그는 눈을 빛내며 남궁무진을 바라봤다.

"여기 나와 있는 야광 팔찌를 받았느냐?"

"네, 여기 있습니다."

남궁무진은 허리 쪽에서 가죽 주머니를 꺼내 내밀었다.

그 가죽 주머니를 조심스레 열어 본 금선의 입꼬리가 살짝 비틀렸다.

"저곳에서 죽어 갈 줄도 모르고 이런 것을 준비했군."

말을 마친 금선은 가죽 주머니를 수하에게 건넸다.

"이걸 어떻게 하면 좋겠습니까?"

"일단 맡아 두어라. 적은 진짜 용의주도한 인물이니 우리도 준비해야 할 것 같다. 나머지 인원은 저 독연이 사라지기 전까지 한시도 눈을 떼지 말아라."

"존명!"

금선의 수하가 포권하자 그는 다시 황금빛 의자에 앉아 적진을 바라봤다.

그의 입가에는 가느다란 미소가 맺혔다.

누가 봐도 그 웃음은 비웃음이었다.

그것도 잠시, 금선은 입맛을 다셨다.

"쩝."

그것은 그의 진심을 담고 있었다.

독연 속에 사라져 간 애송이에 대해서는 궁금한 것이 너무도 많았다.

자신의 계책을 꿰뚫어 보는 것도 그렇고.

암제와 무슨 일이 있었는지도 궁금했다.

하지만 지금 중요한 것은 상대의 숨통이 제대로 끊어졌는지 확인하는 것.

금선은 뱀처럼 눈을 빛냈다.

지하 통로의 초입.

심미호는 궤짝에 들어가 있었다.

연신 울려 대는 폭음에 적혈맹호대 대원들에게 궤짝으로 들어갈 것을 명령한 뒤 자신도 몸을 피했다.

그 뒤에도 폭음이 계속 울려 퍼졌다.

툭, 툭.

궤짝의 밖에서 흙더미가 떨어지는 소리가 들렸다.

얼마나 지났을까.

궤짝의 밖에서 누군가가 두드리는 소리가 들렸다.

똑똑.

마치 문을 두드리는 듯한 소리에 심미호는 마른침을 삼키며 궤짝의 뚜껑을 열었다.

덜컹.

뚜껑이 열리자 일렁이는 횃불이 심미호의 눈에 들어왔다.

그와 함께 얼핏 비치는 사람의 형태.

궤짝에 들어가 있던 시간은 반 시진 정도였지만, 어둠 속에 있다 나오니 눈이 적응되지 않았다.

그때 귀에 익은 목소리가 들려왔다.

"심 부대주, 정신이 드나?"

심미호는 눈을 비비며 상대를 확인했다.

상대는 다름 아닌 적혈맹호대의 대주 소대섭이었다.

소대섭은 재빨리 심미호의 귀에 대고 손가락을 튕겼다.

딱.

순간 심미호의 눈이 초롱초롱하게 빛났다.

적혈맹호대 대원은 손가락만 튕겨도 반사적으로 정신이 번뜩 들었다.

한빈이 설화를 부를 때 손가락을 튕기기에 저절로 훈련된 것이다.

정신을 차린 심미호가 물었다.

"시작됐나요? 대주님."

"그래, 주군이 이제부터 손님을 받으라고 하더구나."

"네, 알았어요. 나머지 대원도…….."

"벌써 다 준비하고 있다."

소대섭이 턱짓으로 뒤를 가리켰다. 그곳에서는 궤짝에 들어갔던 적혈맹호대 대원이 밖으로 기어 나오고 있었다.

심미호는 무심코 천장을 바라봤다.

조금만 얕게 통로를 팠다면 그대로 묻힐 뻔했다는 생각이 들었다.

그야말로 무시무시한 화력이었다.

한빈이 그녀에게 통로를 깊이 팔 것을 주문했을 때는 그것이 은밀히 접근하기 위함이라고 생각했다.

하지만 그것이 이렇게 생명 줄을 늘여 줄 줄은 오늘에야 깨달았다.

상념도 잠시, 심미호는 한빈이 전하고 간 계약서 뭉치를 들고 통로의 초입에 섰다.

얼마나 지났을까?

통로 쪽에서 기척이 들리기 시작했다.

사삭—사삭.

옷깃이 스치는 듯한 은밀한 소리.

기척을 죽이며 다가오는 것이 분명했다.

심미호는 재빨리 커다란 접시에 검은색 먹물을 부었다.

먹물을 다 붓고 나자 누군가가 계단을 내려왔다.

그는 다름 아닌 제갈공민이었다.

그는 남궁장천과 함께 이 통로로 내려왔었다.

제갈공민은 설화의 안내를 받아 이곳에 도착하며 고개를 갸우뚱했었다.

사천당가에서 가장 경계가 삼엄하다는 가주전의 뒤뜰에 이런 통로가 있다니?

제갈공민은 아래로 내려와 의심 가득한 눈빛으로 심미호를 바라봤다.

한빈이 말한 대로였다.

여기로 내려오면 수하가 기다릴 것이라고 했다.

제갈공민의 시선을 받은 심미호가 활짝 웃었다.

"이쪽으로 오세요, 어르신."

심미호가 상냥하게 맞이하자 제갈공민이 물었다.

"이제부터 어찌하면 되는가?"

"이 통로를 이용할 세가는 서약서에 손도장을 찍고 가시면 돼요. 그게 주군이 말씀하신 조건이에요."

"손도장이라……."

제갈공민은 말끝을 흐리며 탁자 위를 바라봤다.

탁자 위에는 백 장은 족히 넘어 보이는 서약서와, 손도장을 찍기 위해 마련한 것으로 보이는 먹물이 담긴 접시가 놓여 있었다.

이 상황에서 손도장을 찍고 가라니. 제갈공민은 기가 막힐 따름이었다.

제갈공민은 위에서 한빈이 전한 말을 기억하고는 있었다.

아래로 내려가서 자신의 수하가 시키는 대로 하라고 했다.

제갈공민은 그 말에 고개를 끄덕였다.

약속을 지키자면 손도장을 찍는 것이 맞았다.

그런데 뭔가 찝찝한 이유는 무엇일까?

제갈공민의 표정을 본 심미호가 팔짱을 끼고 말을 이었다.

"손도장을 찍지 않은 사람은 이곳을 통과할 수 없습니다."

"음."

"제가 한 말이 무례하다고 생각하지 마세요. 모든 것이 강호를 위한 우리 주군의 배려이니, 양해해 주세요."

"좋네."

"잘 생각하셨어요. 다른 무림세가 여러분께 말씀해 주세요. 제가 직접 이야기하는 것보다는 군사님이 말씀해 주시는게 좋을 것 같네요."

"음."

제갈공민은 심미호를 바라보며 눈매를 좁혔다.

정의맹의 군사를 보고도 이리 담담하게 대한다니, 도저히 이해가 안 되었다.

얼핏 보기에도 무공의 성취가 그리 낮아 보이지 않았다.

거기에 저렇게 담담한 태도라?

단순한 무림세가의 무사라고 보기는 힘들었다.

대체 하북팽가는 무엇을 준비한 것일까?

자신이 놓친 것은 과연 무엇일까?

제갈공민의 머릿속에 수많은 의문이 스치고 지나갔다.

그것도 잠시, 제갈공민은 서약서로 시선을 옮겼다.

서약서를 쓱 살핀 제갈공민은 눈을 크게 떴다.

비밀 유지 조항에서부터 세가 간의 무역까지, 서약서의 내용은 세세했다.

어찌 보면…….

서약서를 받아 든 제갈공민이 살짝 멈칫하자 심미호가 재촉했다.

"어서 찍으세요, 나리."

심미호가 빙긋 미소를 지어 보이자 제갈공민이 물었다.

"이건 마치 불공정 계약에 가깝지 않은가?"

"저는 몰라요. 주군이 받으라고 한 거니 일단 찍으시고 통과하세요. 아마 주군의 깊은 뜻이 있겠죠."

"흠."

제갈공민은 헛기침하며 뒤쪽을 바라봤다.

뒤쪽에서는 다른 세가의 고수들이 자신의 선택을 기다리고 있었다.

제갈공민은 지금의 행위가 하나의 시험이라 생각했다.

아직 남아 있을 적을 걸러 내기 위한 시험 말이다.

제갈공민은 손에 먹물을 묻혔다.

그러고는 아무렇지 않게 손도장을 찍었다.

서약서에 손도장을 찍자 심미호가 외쳤다.

"다음 분 오세요!"

그 목소리에 제갈공민은 눈썹을 꿈틀했다.

이것은 마치 전장의 점원 같은 느낌이었다.

그것도 잠시, 뒤쪽에서 남궁장천이 말했다.

"제갈 군사, 어서 비켜 주게. 나도 빨리 찍어야 하지 않나."

"알겠습니다."

제갈공민은 가볍게 고개를 숙인 뒤 입구를 지나 조금 넓은 공간으로 이동했다.

내용이 과하긴 했지만, 그렇다고 완벽하게 정도에서 벗어난다고 할 수도 없었다.

한마디로 그 선을 아슬아슬하게 넘나들고 있는 요구였다.

제갈공민은 자신도 모르게 고개를 저었다.

저런 내용으로 어떻게 적을 걸러 낼 수 있다는 말인가?

제갈공민은 자신의 서약서가 대의를 위한 것이라는 착각에 빠져 있었다.

제갈공민과 남궁장천이 서약서에 손도장을 찍자, 나머지 세가의 고수들도 줄을 서서 달려들었다.

모두가 지장을 찍고 나자 젊은 무사 하나가 달려왔다.

"저는 안내를 맡은 적혈맹호대의 조호라고 해요. 이쪽으로 오시죠, 손님."

제갈공민은 황당한 듯 상대를 바라봤다.

조호라고 자신을 소개한 젊은이의 표정에는 조금의 두려움도 찾아볼 수 없었다.

제갈공민을 비롯한 모두는 조호를 따르기 시작했다.

제갈공민은 지하 통로를 걸으며 입을 살짝 벌렸다.

이것은 급조한 통로가 아니었다.

오랫동안 준비한 통로가 분명했다.

단순한 통로가 아닌, 진법이 적용된 기관 장치에 가까웠다.

이들의 안내가 없다면 이 통로를 빠져나가지 못한다는 데 자신의 군사직을 걸 수도 있었다.

얼마나 갔을까.

신선한 공기가 코끝을 간지럽혔다.

순간 제갈공민의 머릿속에 한 가지 의문이 떠올랐다.

한빈은 사천당가에서 아직 할 일이 있다면서 남았다.

자신들은 비밀 통로를 통해 피신시켰으면서 혼자 남은 이유는 과연 무엇일까?

십 년이 넘는 기간 동안 정의맹의 군사 직책을 수행해 온 자신이지만, 이 문제의 정답을 찾을 수는 없었다.

적진을 바라보던 금선은 눈을 가늘게 떴다.

적진의 연기가 조금씩 사라지고 있었다.

하지만 날이 점점 어두워지고 있어서 안력을 돋구지 않으면 적진의 상황을 살피기가 힘들었다.

금선은 그 연기 속에 널브러져 있는 적들을 상상했다.

만약에 살아남은 적이 있다면 어떻게든 포로로 잡아 그가 속한 무림세가의 정보를 알아내는 것이 이득이었다.

마지막 연기만 걷히고 나면 강호의 반은 자신의 것이 될 것이라 굳게 믿고 있었다.

휘잉.

한 줄기 서늘한 광풍이 사천당가의 초입을 쓸고 지나갔다.

남아 있던 연기가 바람을 타고 사라졌다.

순간 번쩍이던 금선의 눈이 당혹감으로 물들었다.

시체나 부상자가 쌓여 있어야 할 적진에는 아무도 없었다.

"흠."

금선이 눈을 가늘게 뜨며 헛기침을 뱉었다.

대충 상황은 이해가 되었다.

아무래도 장치한 폭약 중에 불발탄이 있었던 게 분명했다.

그렇다면?

무림세가의 무사들은 분명히 사천당가의 안쪽으로 숨어들었을 것이다.

뭐, 그리 상관은 없었다.

이쪽에서 비파의 현을 몇 번 튕기는 것만으로 적을 삼도천을 건널 배에 태울 수 있었기 때문이다.

금선이 상황을 어떻게 정리해야 할까를 고민하고 있을 때였다.

적진 한가운데서 누군가가 일어났다.

천천히 일어난 그는 아무렇지도 않게 기지개를 켰다.

"아, 잘 잤다."

그 목소리에 금선의 눈썹이 꿈틀했다.

지금의 목소리는 금선을 약 올리던 애송이가 맞았다.

금선은 황금빛 의자에서 일어나 천천히 앞으로 걸어갔다.

함정이 소용돌이치는 경계선의 앞에서 멈춘 금선이 외쳤다.

"또 네놈이구나!"

"그래, 나다."

"허허, 알 수 없는 놈이로고. 나이를 보면 머리에 피도 안 마른 것 같은데…… 설마 반로환동이라도 한 노고수란 말이냐?"

"반로환동이라…… 뭐, 그렇게 말할 수도 있지. 한 이십 년은 젊어 보이나 모르겠네."

한빈이 활짝 웃었다. 거짓이라고는 한 점도 찾아볼 수 없는 소탈한 웃음이었다.

물론 거짓은 아니었다.

반로환동한 것은 아니었지만, 세월을 거슬러 온 것은 맞았으니까.

그때 금선이 내공을 담아 외쳤다.

"거짓!"

"거짓은 네 얼굴이고!"

한빈이 금선의 얼굴을 가리켰다.

"이놈이……."

말끝을 흐린 금선이 눈썹을 꿈틀댄다.

살짝 꿈틀대던 눈썹은 지진이라도 난 것처럼 요동쳤다.

상계에서 잔뼈가 굵은 그였다. 무림과 상계, 둘 중 어느 쪽에서 살아남는 것이 힘들까?

이 물음에 금선은 상계라고 답할 것이다.

목숨을 건 싸움보다는 돈줄을 건 싸움이 더 비일비재하게 일어나기 때문이다.

그런 아수라장을 뚫고 강남에서 제일가는 상단인 금와 상단을 일으킨 것이 자신이었다.

돈과 생명을 걸고 상대를 하나씩 쓰러뜨리면서도 눈 하나 깜짝 안 했던 그였다.

하지만 지금은 뭔가 달랐다.

상대가 자신의 계책을 꿰뚫어 보는 것 같아서만은 아니었다.

대화하는 것 자체만으로 평정심에 금이 갔다.

금선은 당장이라도 달려가서 상대를 갈기갈기 찢어 놓고 싶었다.

그 감정이 그대로 드러난 것이다.

금선의 꿈틀대는 눈썹을 본 한빈이 피식 웃었다.

자신이 원하는 대로였다. 아마 저리 동요하는 것은 승기가 자신에게 있다고 보고 있었기 때문이다.

한동안 말없이 금선을 바라보던 한빈의 입가에 미소가 맺혔다.

그것도 잠시, 한빈은 미소를 지우고 진지하게 외쳤다.

"나랑 농담 따먹기 하다가 줄행랑칠 기회를 잃어버렸네! 이걸 어째?"

"지금 뭐라 했나? 혹시 네가 독 안에 든 쥐가 아니라고 생각하는 건가?"

"쥐는 너고. 나는 독이 아닐까 하는데……."

"이 싸움이 끝나면 네놈의 간사한 혀를 잘라 술을 담그겠다."

"성공한다면 희대의 명주가 되겠네. 네 혀도 같이 넣어 주지 뭐……. 한번 맛보고 싶네, 쩝."

한빈이 놀리듯 입맛을 다시자 금선은 자신의 검을 뽑아 들었다.

그러고는 비파를 든 무사들에게 눈짓했다.

순간 무사 중 하나가 비파를 두 손으로 잡았다.

마치 열쇠를 돌리듯 바닥에 박은 비파를 돌리자 공간의 변화가 생겼다.

한빈과 금선 사이의 함정에 길이 생긴 것이다.

금선은 한빈을 보고 입맛을 다셨다.

"쩝, 이제부터 사냥을 해 볼까? 기대하거라, 애송이."

"그건 내가 할 말이지."

말을 마친 한빈이 손가락을 튕겼다.

딱.

그 모습에 금선이 걸음을 멈췄다.

한빈의 태도가 아무래도 수상했던 것이다.

금선은 조용히 주위를 둘러봤다.

순간 금선의 눈동자가 살짝 떨렸다.

자신이 무심코 지나친 것이 뭔지를 깨달은 것이다.

금선은 재빨리 손짓했다.

순간 흑색 무복을 입은 무사들이 일제히 움직이며 진을 구축했다.

그때 한빈의 웃음소리가 주변에 울렸다.

"하하, 눈치는 제법 빠르네."

"……."

금선은 한빈에게 답하는 대신 조용히 몸을 돌렸다.

뒤쪽에서 기척이 느껴졌기 때문이었다.

순간 금선의 눈이 커졌다.

금선의 뒤쪽은 제법 큰 수로가 자리 잡고 있었다.

그 수로의 건너편에 무사들이 빽빽하게 들어차 있었다.

"대체……."

금선은 말을 맺지 못했다.

그들은 다름 아닌 무림세가의 고수들이었다.

폭발에서 죽었거나 요행으로 사천당가의 어딘가에 숨어 있을 것이라 생각했다.

그런데 멀쩡하게 금선을 포위하고 있는 것이었다.

그때였다.

누군가가 앞으로 한 걸음 나왔다.

그 모습에 금선은 눈을 크게 떴다.

금선이 바라보고 있는 곳에는 정의맹의 군사 제갈공민이 서 있었다.

제갈공민은 한 걸음 앞으로 나와 금선을 바라봤다.

"입장이 바뀌니 어떤가?"

"이런 쥐새끼 같은 놈."

"십이지신 중 가장 앞에 있는 것이 쥐 아닌가? 그렇다면 대장이라는 이야기인데, 칭찬으로 알겠네."

제갈공민은 정의맹의 군사답게 입심에서 지지 않았다.

하지만 금선은 감정을 수습하고는 검을 높이 들어 올렸다.

그가 한 걸음 앞으로 나오며 검을 뽑았다.

스릉.

금선이 내민 검이 달빛에 예기를 뿜었다.

자신의 검을 흡족한 듯 바라보던 금선이 입을 열었다.

"차라리 그냥 도망갔으면 편했을 것을, 이리 수고를 덜어 주다니 고맙네."

반대편에 있던 제갈공민도 한 걸음 나왔다.

"형님, 나오시죠."

"형님이라고?"

금선은 고개를 갸웃했다.

제갈공민이 뱉은 형님이란 단어는 금선에게 혼란을 주었다.

제갈공민은 힐끔 뒤쪽을 바라봤다.

거기에 맞춰 뒤쪽에서 누군가가 나왔다.

터벅터벅.

그는 자신의 존재를 알리려는 듯 발걸음에 내공을 실었다.

제갈공민의 옆에 선 사내는 평온한 표정으로 금선을 바라봤다.

그는 다름 아닌 제갈세가의 가주, 제갈공영이었다.

금선은 이해가 되지 않는다는 듯 고개를 흔들었다.

분명히 귀락천에 있는 장원의 지하에 묻혔을 인물이었다.

그런 그가 눈앞에 있다는 것은 말도 안 되었다.

금선과 시선이 마주치자 제갈공영이 말했다.

"내가 죽은 줄 알았나?"

"……."

"자네 예상대로라면 진작 죽었어야 하겠지만, 이렇게 살아 있는 걸 어떻게 하겠는가? 아마 자네는 지금 상황을 판단하고 있겠지. 이 판이 누구에게 유리한가를 말이야."

제갈공영은 차분하게 말을 이었다.

하지만 사실 그는 금선보다도 더 놀라고 있었다.

이곳에 와서 처음 접한 것이 아수라장이라는 게 첫 번째 놀라움이고, 자신을 구하고 세상을 뜬 줄 알았던 하북팽가의 사 공자가 버젓이 살아 있다는 것이 두 번째 놀라움이었다.

제갈공영은 저 멀리 있는 하북팽가의 사 공자에게 절이라도 하고 싶었지만, 지금은 그럴 상황이 아니었다.

제갈공영은 금선을 향해 한 발 나갔다.

금선도 그를 향해 한 발 나가며 외쳤다.

"이미 승부는 기운 것 같소만……!"

"여기 모인 고수들이 전부라 생각하는 것은 아니겠지?"

"허세."

금선이 딱 잘라 말하며 수하들에게 손짓했다.

순간 뒤쪽에 있던 금선의 수하들이 병장기를 빼 들었다.

스릉, 스릉.

오늘따라 유난히 밝은 달빛이 그들의 병기에 반사되었다.

마치 축제의 불꽃이 일렁이는 것처럼 주변이 반짝이기 시작했다.

그때 제갈공영이 뒤쪽을 바라봤다.

그곳에는 이곳을 지휘하고 있던 남궁장천이 있었다.

남궁장천은 천천히 앞으로 나왔다.

싸울 때가 되자 다시 지휘권을 넘겨받은 것이다.

가장 앞에 선 남궁장천의 눈동자에는 불꽃이 타올랐다.

하지만 그는 몇 가지 의문을 머릿속에서 지울 수 없었다.

첫째는 금선이 저렇게 자신감을 보이는 이유였다.

눈앞에 보이는 적이 뒤에서 나타난다면 누구라도 기겁할 것이다.

그러나 금선은 평정심을 유지하고 있었다.

남궁장천은 자신의 손목을 바라봤다.

손목에는 하북팽가의 사 공자가 준 팔찌가 걸려 있었다.

그 팔찌가 적과 아군을 구별해 줄 것이라고 했다.

이것이 두 번째 의문이었다.

적과 아군이 이렇게 분명한데 이 팔찌가 무슨 필요가 있다는 말인가?

더 이상한 것은 지하 통로에서 이 팔찌를 바꿔 줬다는 것이다.

그런데 바뀐 팔찌와 전에 나눠 준 팔찌의 차이점은 아무것도 없었다.

남궁장천은 고개를 흔들었다.

어차피 적의 목을 베면 해결할 필요도 없는 의문이기 때문이다.

남궁장천은 자신의 검을 빼어 들며 수로를 가로지르는 돌다리를 향해 천천히 걸어갔다.

무림세가 고수들이 그의 뒤를 따랐다.

금선은 고개를 돌려 외쳤다.

"변(變)!"

단 한마디였다.

동시에 금선의 무사들이 인피면구를 벗었다.

휙, 휙.

그들은 얼굴에서 벗겨 낸 인피면구를 바닥에 던졌다.

그들의 얼굴이 달빛에 드러났다.

순간 세가들은 웅성대기 시작했다.

"저, 저 얼굴은……."

"왜 내 얼굴이 저기에……."

무림세가의 고수들은 적잖게 당황했다.

남궁장천도 당황했다.

집을 나간 자신의 첫째도 거기에 있었다.

이건 분명히 변장술이 맞았다.

남궁장천은 뒤쪽에 신호를 보냈다.

절대 흩어지지 말라는 신호였다.

흩어져서 저들과 섞이기라도 한다면 적군과 아군의 구별은 불가능할 것이다.

그때 금선의 웃음기 가득한 목소리가 들려왔다.

"천하의 남궁장천도 당황하셨나 보군."

"……."

남궁장천은 아무 말 없이 상대를 바라봤다.

그제야 적과 아군을 구별할 수 있는 팔찌가 왜 필요한지를 알았던 것이다.

남궁장천의 표정을 본 금선이 다시 말을 이었다.

"조금 있으면 여긴 아수라장이 될 거야."

말을 마친 금선이 손짓했다.

그 신호에 맞춰 수하들이 팔찌를 손목에 걸었다.

그러고는 흑색 무복을 벗어 던졌다.

순간 그들은 완벽하게 무림세가의 사람으로 변했다.

"……."

남궁장천은 할 말을 잃었다.

적군과 아군을 구분할 수단이 사라진 것이다.

생각해 보니 팔찌는 배신자들이 저쪽에 붙기 전에 한빈이 나눠 준 것.

낭군장천의 당황한 표정에 금선이 입꼬리를 올렸다.

"천하의 제갈세가도 이건 예측을 못 했을 테지……."

금선은 씩 웃으며 손뼉을 쳤다.

그 신호에 주변을 비추고 있던 횃불이 하나둘 꺼졌다.

횃불이 꺼지자 금선은 하늘을 바라봤다.

그가 하늘을 바라보자 남궁장천도 따라서 고개를 들었다.

순간 남궁장천이 옅은 한숨을 토해 냈다.

"헉."

그가 한숨을 토해 낸 이유는 간단했다.

휘황찬란하게 돌다리 위를 비추던 달빛이 점점 사라지고 있었다.

소위 말하는 월식이라는 현상이 일어나고 있었다.

"이제 알았나?"

금선이 피식 웃자 남궁장천은 이 상황을 타개할 계책을 떠올리기 위해 눈매를 좁혔다.

하지만 달빛은 점점 사라지고 있었다.

남궁장천은 왜 금선이 시간을 끌었는지를 이제야 알 수 있었다.

바로 월식을 이용하기 위한 것이 분명했다.

그때 제갈공민이 다가왔다.

제갈공민은 그의 귓가에 뭐라 속삭였다.

순간 남궁장천의 눈이 커졌다.

달빛에 어슴푸레 비친 남궁장천의 표정을 본 금선이 회심의 미소를 지었다.

금선은 품에서 인피면구를 꺼내 얼굴에 뒤집어썼다.

순간 금선의 얼굴이 남궁장천으로 바뀌었다.

금선이 팔찌까지 차자 남궁장천과 똑같아졌다.

그때 달빛이 완전히 사라지자 금선이 외쳤다.

"파고든다!"

사삭, 사삭.

은밀한 발소리가 돌다리 위를 스쳤다.

순간 적과 아군이 엉켰다.

챙, 챙!

동시에 병장기 부딪치는 소리가 울렸다.

그러나 곧 연달아 울리던 병장기 소리가 멈췄다.

주변이 칠흑과 같은 어둠으로 덮였기 때문이다.

주변을 바라보던 금선이 눈을 빛냈다.

이대로 월식이 지나가고 달빛이 정상적으로 자신들을 비춘다면 승부는 불 보듯 훤했다.

자신은 아군과 적군을 구별할 표식이 있지만, 저들은 없었으니까.

저들도 표식을 준비했지만, 이제는 무용지물이 되어 버렸다.

결과를 예측하던 금선은 고개를 갸웃했다.

갑자기 알 수 없는 불길함이 등골을 타고 올라와서였다.

금선은 주변을 다시 둘러봤다.

자신이 놓친 것이 있는가를 확인하기 위함이었다.

주변을 둘러보던 금선은 고개를 갸웃했다.

아무리 봐도 자신의 계획은 너무 완벽했다.

그것도 잠시, 금선은 눈을 크게 떴다.

다시 생각해 보니 상황이 완벽해도 너무 완벽했다.

지금은 무림세가의 진영까지 횃불을 모두 껐다.

자신이 횃불을 끈 것에는 이유가 있지만, 그들이 횃불을 끈 이유는?

아무리 생각해도 떠오르지 않았다.

그때였다.

챙, 챙!

병장기 부딪치는 소리가 다시 울렸다.

동시에 울려 퍼지는 비명.

아악!

누군가가 털썩 쓰러진다.

금선은 눈을 가늘게 뜨며 상황을 지켜봤다.

암흑 속에서도 허공을 뛰어노는 병장기와 쓰러지는 무사들.

금선은 그제야 공통점을 발견했다.

그는 재빨리 외쳤다.

"팔찌를 숨겨라!"

하지만 아수라장에서 그 말이 먹힐 리 없었다.

획!

허공을 가르는 파공성에 이어서 비명이 연달아 울려 퍼질 뿐이었다.

악!

아악!

문제는 팔찌였다.

똑같이 생겼지만, 저들이 손목에 차고 있는 팔찌는 야광이 아니었다.

이 암흑 속에서 금선과 수하들의 팔찌만 빛을 발하고 있던 것이다.

그때 금선의 수하들도 그것을 알아채고는 재빨리 손을 숨겼다.

거듭된 금선의 외침으로 상황을 알게 된 것이다.

남궁무진도 재빨리 팔찌를 벗어 품속에 넣었다.

어떤 자들은 팔찌를 벗어 집어 던지기도 했다.

남궁무진은 그것이 정답이 아니라는 것을 알고 있었다.

월식이 일어나는 시간은 길어야 차 한 잔 마실 시간.

그 시간이 지나면 팔찌는 적과 아군의 구분을 희미하게 하는 무기가 된다.

그뿐만이 아니라 다른 자들도 하나둘 팔찌를 벗어 품에 넣었다.

동시에 다시 정적이 찾아왔다.

주변에서는 풀벌레 소리만이 가끔 들려왔다.

한 줄기 시원한 바람이 사천당가의 초입을 쓸고 지나갈 때
쯤이었다.

금선은 속으로 한숨을 삭이며 재빨리 품속에 넣어 둔 팔찌
를 다시 손목에 찼다.

다른 수하들도 야광 팔찌를 찼다.

금선의 예상대로 다시 달빛이 그들을 비추기 시작했기 때
문이다.

이제는 보통의 팔찌로 보일 뿐이었다.

적군과 아군이 섞여 있는 상태에서 칼자루는 자신에게 있
다고 금선은 생각했다.

열 명의 장군이 한 명의 첩자를 당해 내지 못할 경우가 있
다.

지금이 바로 그랬다.

혼란이 혼란을 낳고 그 혼란은 모두를 파멸시킨다.

금선의 수하들은 이런 상황에 대해 철저히 훈련되어 있었
다.

누구의 등에 먼저 칼을 꽂을 것이며 어떻게 혼란을 일으킬
것인가에 대해 훈련되어 있는 상황.

이제 달이 모습을 드러내면 그 계획이 하나하나 이루어질

터였다.

만약 그 계획이 실패한다면?

금선은 거기까지도 생각해 두었다.

이제는 둥근 달이 한낮의 태양처럼 돌다리 위를 비추고 있었다.

이것은 과장이 아니었다.

어둠 속에서 적응되었던 이들에게 달빛은 대낮의 태양처럼 환하게 느껴지는 것이 어찌 보면 당연했다.

남궁장천의 검에서 달빛을 받은 핏물이 뚝뚝 떨어지고 있었다.

암흑 속에서 몇 명의 적을 베었는지 몰랐다.

조금 우스운 것은 적을 벨 때 그가 망설였다는 점이다.

가문을 배신한 아들이지만, 자신의 검으로 베고 싶지는 않았기 때문이었다.

사실 남궁장천뿐이 아니었다.

적을 베는 데 망설인 것은 다른 가문도 마찬가지였다.

그때였다.

누군가가 검을 휘둘렀다.

휙!

그 검에 무사가 쓰러진다.

털썩.

순간 남궁장천의 눈이 커졌다.

쓰러진 무사가 적인지 아군인지가 구분이 안 되었기 때문
이다.

남궁장천은 검을 휘두른 무사가 있는 곳으로 다가갔다.

검을 휘두른 무사가 외쳤다.

"이자는 적입니다!"

"……"

남궁장천은 검을 틀어쥔 채 주변을 둘러봤다.

지금의 상황은 묘했다.

검을 든 자와 쓰러진 자의 외모가 똑같았기 때문이다.

과연 무엇으로 구분할 수 있을까.

상처?

상처는 아군에게도 있었다.

검상의 흔적을 꼼꼼히 살핀다면 적군과 아군을 구분할 수
있겠지만, 지금은 그럴 상황이 아니었다.

지금은 적과 아군이 구분되지 않은 상황.

남궁장천의 가슴에 후회라는 감정이 밀려 들어왔다.

차라리 야광 팔찌로 적군과 아군의 구분이 가능했을 때 완
벽하게 적을 처리했더라면?

하지만 후회보다는 사태 해결이 급선무였다.

남궁장천은 재빨리 제갈공민을 바라봤다.

"다음은 어떻게 하면 좋겠소? 적을 구별할 방법을 알려 주

시오."

"……."

제갈공민은 말없이 주변을 두리번거렸다.

그 모습에 남궁장천이 재촉하듯 말했다.

"어서 묘책을 말해 보시오."

"……."

제갈공민은 답할 수 없었다. 자신이 짜낸 묘안은 여기까지였다.

그때 다시 비명이 울린다.

악!

무사 하나가 옆구리에 검상을 입고 쓰러졌다.

공격한 사람이나 당한 사람 모두 같은 가문의 사람이다.

그들은 둘 다 백씨세가의 무사.

쓰러진 자가 검지로 검을 든 무사를 가리키며 말했다.

"둘째, 네가 감히……."

"나는 가문의 배신자를 처단했을 뿐이오."

그때 뒤쪽에서 검을 든 무사와 똑같이 생긴 자가 나타나 외쳤다.

"저자는 가짜요!"

말을 마친 무사는 상대에게 검을 겨눴다.

서로 똑같이 생긴 무사 둘이 상대에게 검을 겨누고 있는 상황.

순간 모두가 검을 빼내며 주위를 경계했다.

그들은 아무도 믿지 못하겠다는 듯 서로를 경계하며 거리를 벌렸다.

제갈공민은 헛숨을 삼켰다.

저들이 이렇게까지 준비할 줄을 몰랐다.

그때 두 무사 중 하나가 외쳤다.

"숙부님을 해치다니 용서하지 않겠다!"

"가짜가 그런 망언을 뱉다니!"

일촉즉발의 상황이 펼쳐지고 있었다.

하지만 누구도 나설 수 없었다. 누가 진짜인지 알 수 없기 때문이었다.

문제는 그들이 지금 맞붙게 된다면 그것으로 혼란이 시작된다는 것이다.

아마도 여기저기서 지금과 같은 상황이 나타날 것이 분명했다.

제갈공민은 재빨리 주변을 살폈다.

무림세가를 배신한 인물들을 찾기 위해서였다.

"흠."

그는 옅은 한숨을 토해 냈다.

세가를 배신한 인물들은 주위에 없었다.

아마도 모두 인피면구를 쓴 듯 보였다.

대낮이라면 충분히 진위를 가려낼 수 있지만, 지금은 인피면구를 쓴 자가 누구인지 알 수 없었다.

완벽하게 적군과 아군이 섞인 상태.

선조인 제갈량이 온다고 해도 이 문제는 해결하지 못할 것이었다.

그렇다면…….

제갈공민은 뭔가 결심한 듯 이를 악물었다.

대를 위해서는 소를 희생해야 하는 법이었다.

지금 그들 사이에는 십대세가의 대표와 똑같이 생긴 자들은 없었다.

'확실한 자만 살리고 나머지는 패는 버린다.'

이것이 제갈공민의 선택이었다.

제갈공민이 남궁장천을 바라봤다.

그가 막 입을 열려 할 때였다. 붉은색 신형이 제갈공민의 옆에 쓱 나타났다.

순간 제갈공민의 눈이 한계까지 커졌다.

지금 지나간 이는 하북팽가의 사 공자였다.

한빈은 주변의 시선에는 아랑곳하지 않고 조용히 백씨세가의 무사에게 다가갔다.

그러고는 아무렇지도 않게 한쪽에 섰다.

백씨세가의 무사는 갑자기 다가온 붉은 무복의 한빈 때문에 움찔했다.

그 모습에 한빈이 사람 좋은 얼굴로 말했다.

"왜 그렇게 겁내? 나 나쁜 사람 아니야."

"나한테 왜 그러시오? 저자가 가짜요."

"그건 내가 차차 밝혀낼 테니 걱정하지 말라고."

한빈은 그자의 어깨를 토닥이고 이내 반대쪽으로 걸어갔다.

그러고는 똑같이 반대편 무사의 얼굴을 바라봤다.

반대편 무사가 움찔하며 한 발 물러났다.

"왜 그러시오."

"자꾸 주춤거리면 어떻게 해? 감정을 할 수가 없잖아."

한빈은 팔짱을 끼고 눈을 가늘게 떴다.

무림세가 사람들은 한빈의 행동을 말릴 수 없었다.

한빈은 십대세가의 대표들이 인정한 자였다.

한빈의 행동을 반박한다면 가짜로 몰리기에 딱 어울리는 상황이었다.

얼굴이 똑같이 생긴 백씨세가 무사 둘을 바라보던 한빈이 손가락을 튕겼다.

딱.

그 소리에 하얀 신형이 한빈의 옆에 나타났다.

물론 그 신형의 정체는 설화였다.

"공자님, 여기요."

설화는 한빈에게 우혈랑검을 내밀었다.

"고맙다, 설화야."

우혈랑검을 받은 한빈은 우혈랑검을 검집에서 빼내었다.

스릉.

단검이지만 묘한 기세를 풍기는 우혈랑검에, 백씨세가 무사 둘은 동시에 한 걸음씩 물러났다.

그 모습에 한빈이 슬쩍 고개를 숙였다.

그러고는 돌다리 바닥에 우혈랑검을 찍었다.

우혈랑검을 찍은 상태에서 한빈은 검지로 검 자루의 끝을 눌렀다.

한빈이 손을 떼면 우혈랑검은 한쪽으로 쓰러질 것이 분명했다.

그 상태에서 한빈이 아무렇지 않게 말했다.

"이 단검은 혈랑검이라고 하지. 이건 적군과 아군을 구별하는 신통력이 있어. 혈랑검의 검 끝은 항상 적군을 향하거든……."

말끝을 흐린 한빈은 양쪽의 무사를 번갈아 봤다.

그 모습을 바라보던 제갈공민은 속으로 혀를 찼다.

혈랑검에 그런 효용이 있다는 소문은 들어 본 적 없었다.

그저 무슨 묘안이 있겠지 하고 바라볼 뿐이었다.

그 옆에 있던 남궁장천도 마찬가지였다.

그들은 아무 말 없이 한빈의 다음 행동을 기다렸다.

한빈은 주변의 시선에 아랑곳하지 않고 쪼그려 앉은 상태에서 손끝을 검의 손잡이에서 뗐다.

순간 우혈랑검이 쓰러졌다.

팅!

돌바닥에서 한빈이 튕긴 우혈랑검이 가벼운 소리를 내더니 멈췄다.

한빈의 말대로 우혈랑검의 검 끝은 한쪽 무사를 가리키고 있었다.

뭐, 그럴 수밖에 없었다.

확률은 이 분의 일이니 말이다.

비스듬하긴 했어도 누가 봐도 한쪽을 가리키고 있는 상황.

한빈이 우혈랑검을 주워 들었다.

줍는 동시에 한빈은 한쪽을 바라봤다.

그러고는 손을 내뻗었다.

휙! 우혈랑검이 허공을 가르며 날아갔다.

날아간 우혈랑검이 무사의 왼쪽 어깨에 박혔다.

푹!

무사가 자신의 어깨를 보며 비명을 질렀다.

악!

무사는 어깨에 박힌 우혈랑검을 빼기 위해 손을 뻗었다.

하지만 이내 어깨를 축 늘어뜨렸다.

무사는 중심을 잃고 그 자리에서 쓰러졌다.

단순히 복부에 박힌 것이 아니었다.

단검을 던져서 마혈을 제압한 것.

한빈의 망설임 없는 행동이 주변이 소란스러워졌다.

"어떻게 단검 하나로 판단을 하지?"

"저거 미신 아니야? 나뭇가지 하나 던져 놓고 쓰러지는 방향에 있는 게 적이라고 하는 것과 똑같잖아."

"대체 무슨 일이지?"

"지금 같은 상황에 저런 미친 짓을……."

그때였다.

제갈공민이 재빨리 한빈에게 다가갔다.

이대로 놔두면 소란이 더욱 커질 것은 불 보듯 뻔하기 때문이다.

제갈공민이 나서자 주위는 진정되었다.

천천히 한빈에게 다가간 제갈공민이 미간을 좁히며 물었다.

"단검 하나로 어떻게 아군과 적군을……."

그의 말이 끝나기도 전에 한빈이 손을 내저었다.

"그걸 진짜 믿으셨습니까?"

"그렇다면 다른 이유가 있다는 것인가?"

"자세히 보십시오."

한빈은 검지를 들어 제갈공민을 가리켰다.

뜻밖의 상황에 제갈공민의 고개가 살짝 기울어졌다.

왜 자신을 가리키는지 제갈공민도 몰랐던 것이다.

파국 (3)

　제갈공민이 자신의 얼굴을 가리키며 물었다.

　"왜 나를 가리키는가?"

　"군사님을 가리킨 것이 아니라 군사님의 손을 말씀드린 겁니다."

　"내 손이라⋯⋯."

　제갈공민은 눈을 크게 떴다.

　자신의 손에는 검은 먹물이 아직도 묻어 있었다.

　그러고는 주변을 둘러봤다.

　사람들은 딱 둘로 구분되었다.

　하나는 오른손이 검은 자고 또 다른 하나는 오른손이 멀쩡한 자였다.

제갈공민이 즉시 외쳤다.

"모두 손도장을 찍은 팔을 높이 들어라!"

순간 돌다리를 중심으로 손을 든 무사들과 손을 들지 않은 무사들로 나누어졌다.

손을 든 무사들의 손이 이전에 찍었던 손도장으로 인해 온통 검게 물들어 있는 것은 당연했다.

사사—삭.

금선 측 무사들이 재빨리 뒤로 물러났다.

순간 한빈이 다시 손가락을 튕겼다.

딱.

그 소리에 맞춰 횃불이 하나둘씩 켜졌다.

이전보다도 더욱 많은 횃불이 주변을 밝혔다.

주변이 더욱 환해지자 돌다리를 기준으로 금선의 측과 무림세가 측으로 완전히 갈라졌다.

자연스럽게 나뉜 진영을 본 제갈공민이 한빈을 바라봤다.

그의 입에는 미소가 한 다발 걸려 있었다.

제갈공민은 미소 어린 입술을 열었다.

"다 뜻이 있었군. 내 오해했네."

"오해라니요?"

한빈이 눈을 가늘게 떴다.

"그 서약서 말일세. 어찌 보면 무리한 요구가 아니던가? 아군과 적군을 구별하기 위한 도구라는 걸 이제야 알았네.

허허."

제갈공민은 여러 감정이 뒤섞인 한숨을 토해 냈다.

그 모습에 한빈이 고개를 갸웃했다.

"왜 그렇게 생각하십니까?"

"그게 아니었나?"

"서약서는 진짜입니다. 가문과 가문, 아니 가문과 저 사이에 맺은 진짜 계약입니다."

"대체……."

"설마 일이 끝나면 입을 씻으려고 하는 건……."

"흠."

제갈공민은 재빨리 헛기침으로 한빈의 말을 막았다.

한빈이 미간을 좁히며 제갈공민을 아래위로 훑었다.

"뒷간 들어갈 때 다르고 나올 때 다르다더니, 설마 군사님도 그러신 건 아니겠죠?"

"아니네."

"남아일언!"

"중천금일세."

제갈공민은 재빨리 고개를 끄덕였다.

한빈에게 목숨을 구원받은 것은 사실이었다.

그런데 끌려들어 가는 느낌을 자꾸 받는 것을 왜일까?

제갈공민은 이것이 이해가 안 되었다.

제갈공민의 표정을 본 한빈이 말했다.

"서약서는 나중에 지키시면 되고 지금은 가문을 지켜야 할 때가 아닌가요?"

"자네 말이 옳네."

제갈공민은 고개를 끄덕였다.

한빈의 말대로 이제는 적을 마무리해야 할 때였다.

제갈공민은 시선을 돌려 금선을 바라봤다.

돌다리를 기준으로 뒤쪽으로 물러서는 그들은 누가 봐도 당황한 모습이었다.

자연스럽게 다시 제자리로 돌아간 금선은 수하들에게 말했다.

"모두 사천당가로 들어간다."

그 지시에 몇몇 무사가 다시 비파를 잡기 위해 뛰어갔다.

가장 먼저 도착한 무사가 말했다.

"비파가 없어졌습니다."

"지금 뭐라 했나?"

"비파가 없어졌습니다. 우리가 쳐 놓은 함정을 해제할 방법이 없습니다."

"대체……."

금선은 고개를 돌려 제갈공민이 있는 쪽을 바라봤다.

제갈공민도 적들의 반응이 이상한지 고개를 갸웃했다.

지금 상황이라면 사천당가의 안쪽으로 들어가 농성을 벌이는 것이 맞았다.

사천당가가 천의 요새라고는 하나 모두가 빠져나가는 것을 막기에는 역부족이었다.

그렇다면 살길이 있을 터였다.

그런데 적은 쭈뼛대면서 적진에서 멀뚱히 이쪽을 바라보고 있었다.

제갈공민은 재빨리 주위를 돌아봤다.

그때 옆쪽에서 물건을 끄는 소리가 들려왔다.

쓰윽. 쓰윽.

그 소리에 고개를 돌린 제갈공민이 눈을 크게 떴다.

소리가 들리는 곳에서는 설화와 청화가 뭔가를 끌고 오고 있었다.

자세히 보니 그것은 비파였다.

제갈공민은 고개를 돌려 적진을 바라봤다.

그는 그제야 적들이 난감해하는 이유를 알았다.

그때 한빈의 목소리가 귓가에 울렸다.

"자기 꾀에 자기가 빠진 꼴이죠."

"허허, 언제 저걸 다 뽑아 왔는가?"

제갈공민은 허탈하게 웃었다.

기관진식에 관해서라면 자신을 따라올 자가 없다고 자부했다.

하지만 저 비파를 뽑아 올 생각까지는 못했다.

저 비파는 함정을 발동시키는 기관을 여닫는 열쇠였다.

그 열쇠를 가져온 것이다.

설치한 사람은 금선이지만, 이제는 통제권을 잃은 것이다.

즉 금선은 한마디로 독 안에 든 쥐가 되었다는 뜻.

제갈공민은 자신도 모르게 입가에 미소를 그렸다.

오늘 처음 보이는 여유였다.

제갈공민의 모습에 한빈이 답했다.

"달빛이 사라졌을 때 심심해서 뽑아 놓은 겁니다. 참, 비파는 우리 아이들 겁니다. 그러니 다른 말 하기 없습니다."

"흠, 또 장사를 하려는 건가?"

"장사라니요. 대의를 위해서입니다. 이제 서서히 정리하면 될 것 같습니다."

한빈이 씩 웃자 제갈공민이 말끝을 흐리며 주변을 바라봤다.

"정리라……."

당장에 저들을 정리하기에는 인원이 부족했다.

가장 좋은 방법은 길목을 막고 저들의 힘이 떨어지기까지 기다리는 것이었다.

제갈공민이 막 말을 이으려 할 때였다.

뒤쪽에서 기척이 느껴졌다.

멀리서 횃불을 든 대규모의 병력이 이쪽으로 다가온다.

점점 가까워지는 횃불에, 무림세가의 고수들은 웅성대기 시작했다.

"저건 누구지?"

"지금 누가 오는 거야?"

그들이 당황하는 이유는 하나였다.

뒤에서 오는 이들의 기세가 묘했기 때문이다.

모두 회색 무복을 입고 있었으며 익숙하지 않은 기세를 피워 내고 있었다.

터벅터벅.

이제는 발소리까지 귀에 들릴 정도였다.

그들의 행렬이 코앞까지 도달하자 그들은 동요했다.

"저기 보게."

"뭘 말인가?"

"저기 휘날리는 깃발 말일세."

"깃발이라……. 헉."

모두는 뒤쪽에서 다가오는 깃발을 보고 까무러치도록 놀랐다.

그 깃발은 다름 아닌 강남 사도련의 깃발이었다.

"혹시, 이 모든 게 강남 사도련이 꾸민 일이란 말인가?"

"저자들과 관계가 없다고 해도 문제 아닌가? 지금 우리는 그야말로……."

그는 말끝을 흐렸다.

자신이 말을 맺으면 사기가 더욱 꺾일 것이 뻔했기 때문이다.

무림세가의 무사들은 반으로 나뉘어 금선과 뒤쪽에서 다가오는 강남 사도련의 행렬을 동시에 경계했다.

제갈공민은 이 상황이 황당할 따름이었다.

그가 판단하기에는 금선과 강남 사도련은 아무 관계도 없었다.

그런데 이렇게 때맞춰 나타난 경우는 딱 한 가지였다.

그들이 호시탐탐 정파를 노리고 있었다는 가능성밖에는 없었다.

제갈공민이 관자놀이를 지그시 누르며 묘책을 짜내려 하고 있을 때였다.

한빈이 한 발 나오며 외쳤다.

"이제 그만 나오시지요!"

말을 마친 한빈은 손가락을 튕겼다.

딱!

그 소리에 뒤쪽에서 누군가가 나왔다.

터벅터벅.

땅바닥에 발자국을 남길 기세로 걸어온 고수는 조용히 한빈이 있는 쪽을 바라봤다.

새로운 인물의 등장에 제갈공민은 눈을 가늘게 떴다.

아무렇지도 않게 걸어왔는데 바닥에 발자국이 선명했다.

분명히 내공을 싣지는 않았다.

오직 힘만으로 바닥에 발자국을 남긴 것이다.

그렇다고 걸음걸이에 흐트러짐이 있었던 것도 아니다.

머리에 술이 가득 든 술잔을 올려놔도 흘러내릴 것 같지 않은 안정된 보법이었다.

그런데 힘만으로 발자국을 남겼다고?

그런 인물이 사파에?

그것도 강남 사도련에 있다는 것이 놀라웠다.

생각을 이어 나가던 제갈공민의 눈이 커졌다.

생각해 보니 딱 한 명이 있었다.

제갈공민이 자신도 모르게 혼잣말을 뱉었다.

"설마……."

말끝을 흐린 제갈공민은 재빨리 사내 쪽으로 달려갔다.

다급히 달려온 제갈공민을 본 사내가 말했다.

"나는 강남 사도련의 독고진이라고 하오."

사내는 살짝 고개를 숙였다.

"독고진이라면……. 그렇다면 강남 사도련주라는 말입니까?"

제갈공민이 눈을 크게 떴다.

강남 사도련의 수장인 독고진은 강호에 좀처럼 모습을 드러내지 않는 자였다.

그래서 바로 떠올리지 못했던 것이다.

그런데 이 상황에서 나타나다니?

강남 사도련주가 이 자리에 나타났다면 의미는 딱 하나.

자칫 잘못하면 무가지회에 참석한 고수들 모두가 세상에서 지워질 수도 있다는 것이다.

뒤쪽에는 금선.

앞쪽에는 강남 사도련이라?

그것도 사파의 절대고수가 함께 왔다니!

제갈공민의 눈빛이 살짝 떨렸다.

그것도 잠시, 제갈공민은 이내 평정심을 되찾았다.

지금은 활로를 찾아야 할 때였다.

제갈공민은 재빨리 말을 이었다.

"귀인께서 오시다니……. 때마침 이런 상황에서 걸음을 하신 이유를 물어봐도 되겠소?"

그 말에 독고진은 고개를 갸웃했다.

제갈공민의 질문이 이해가 안 된다는 표정이었다.

"……."

독고진은 아무 말 없이 제갈공민을 뚫어져라 바라봤다.

달빛을 받은 독고진의 얼굴에는 그의 감정이 고스란히 나타났다.

그 표정을 본 제갈공민은 적잖게 당황했다.

독고진이 답이 없다는 것은 협상의 여지가 없다는 뜻이기 때문이었다.

순간 제갈공민의 머릿속에는 오만 가지 가능성이 한 번에 떠올랐다.

독고진이 진정으로 원하는 게 무엇인가?

그는 정파의 적인가?

정의맹의 군사가 되고서 가장 당황한 순간이었다.

이전에 금선과 일대 격전을 벌일 때도 이리 당황하지는 않았다.

밀려오는 폭발에도 이렇게 당황하지는 않았다.

그런데 지금은 입술이 바싹 마르는 상황이었다.

그 모습에 독고진이 머리를 쓸어 넘기며 한숨을 쉬었다.

"휴. 저들이 이 모든 일을 사도련에게 뒤집어씌우기로 했다고 들었소만, 아니오?"

"저들이라면……."

제갈공민은 독고진이 가리키는 쪽을 바라봤다.

그곳에는 금선이 눈을 빛내고 있었다.

아마 독고진의 목소리는 못 들은 것 같았다.

제갈공민의 생각대로 금선은 그들의 대화를 듣지 못했다.

다만, 새로 등장한 세력이 강남 사도련이라는 것을 알고 있을 뿐이었다.

거기에 강남 사도련의 수장까지 왔다.

금선도 강남 사도련주인 독고진의 명성에 대해서는 익히 들어 왔다.

세상에 얼굴을 비치지 않은 절대고수.

긴 머리에 하얀 얼굴.

여인처럼 홀쭉하지만 역발산의 기세를 표출하는 지금의 모습.

거기에 반로환동한 듯한 저 외모는 독고진이 맞았다.

금선은 자신이 가지고 있는 최고의 무기를 휘두를 수 있었다.

그 무기는 바로 금력.

강남 사도련의 등장으로 금선의 눈빛은 다시 살아났다.

세상에 돈으로 안 되는 일이 어디 있단 말인가?

정파와 사파는 어차피 견원지간이 아니던가?

이 상황에서 사파에 미끼를 던져 준다면?

그 미끼가 상상도 할 수 없는 금은보화라면?

강남 사도련은 넘어오지 않고는 못 배길 터였다.

금선은 자신도 모르게 한 걸음씩 적진을 향해 나아갔다.

천천히 나아가던 금선은 일정 거리에서 멈춰 독고진을 향해 외쳤다.

"나는 금와 상단의 금선이오! 정파의 목을 벤다면 당신에게 내 재산의 반을 떼어 주리다. 어떠하오?"

그 외침에 가장 놀란 것은 제갈공민이었다.

금선이 저렇게 나올지는 몰랐던 것이다.

그때였다.

독고진이 웃었다.

"하하."

그 짧은 웃음에 모두가 눈을 가늘게 떴다.

그 의미가 짐작이 안 되었던 것이다.

제갈공민도 그 웃음의 진의를 해석하지 못하고 고개를 갸웃했다.

멀리 있던 금선도 독고진의 진의가 무엇인지를 알아챌 수 없었다.

모두가 마른침을 삼킬 때 독고진이 입술을 뗐다.

"지금처럼 말할 거라고도 하더군."

"……."

제갈공민은 말없이 독고진을 바라봤다.

살짝 긴장이 풀리기 시작했다.

그 표정을 본 독고진이 손을 들었다.

그 신호에 뒤에서 누군가가 나왔다.

그는 서생 복장을 하고 있었다.

서생처럼 머리에 두건을 한 채 염소수염을 쓰다듬으며 나오는 모습은 어디선가 들어 본 외모였다.

그는 제갈공민의 앞에까지 오더니 정중하게 포권했다.

"저는 강남 사도련의 군사를 맡은 마휘라 하오. 명성이 자자한 제갈 군사를 뵙게 되어 영광이오."

그는 사도련의 군사 마휘였다.

익절선생이라고도 불리는 마휘는 사도련 제일의 지낭이라 평가받는다.

현재는 강남 사도련의 부흥을 이끄는 자였다.

그 부흥의 중심에는 적룡대협이라는 사파의 영웅이 있었고 말이다.

물론 익절선생 마휘는 한빈과 떼려야 뗄 수 없는 관계를 유지하는 자 중 하나였다.

대부분의 정파인은 모르지만 말이다.

제갈공민이 놀란 듯 눈을 크게 떴다.

"마휘 군사님입니까? 저도 익절선생의 명성은 귀가 닳도록 들었습니다."

"과한 칭찬에 몸 둘 바를 모르겠소만, 지금은 그게 중요한 게 아닌 듯싶습니다. 우리는 이곳에 오기 전에 누군가의 서신을 받았습니다. 무가지회에서 사건을 일으키고 그것을 강남 사도련에 뒤집어씌울 계획을 가지고 있는 집단에 대한 첩보였습니다."

"아, 그런……."

"그런데 우리를 회유하는 모습까지 완벽하게 그 첩보와 일치하니 황당할 따름이라오."

"대체 어디서 그런 첩보를……."

제갈공민은 말을 잇지 못했다.

그때 마휘가 다시 말을 이었다.

"저희는 그 첩보에 따라 무림세가를 도우러 온 것이니 그리 걱정하지 않아도 되오."

"그런 의도로 오신 거였군요. 염치없지만, 사도련의 도움 감사히 받겠습니다."

"그럼 주군……."

마휘는 사도련주에게 뭐라 하려고 하다가 말을 맺지 못했다.

독고진이 자리에서 없어진 것이다.

마휘는 당황한 표정으로 다급하게 독고진을 찾았다.

없어진 독고진은 한빈의 앞에 서 있었다.

마휘는 재빨리 그곳으로 달려갔다.

가능한 한 한빈과 만나게 하고 싶지 않았던 것이다.

한빈과의 만남은 얻을 것보다 잃을 것이 더 많았다.

지금 마휘는 제갈공민에게 얻을 것은 얻으려 운을 떼는 중이었다.

그런데 독고진이 한빈과 말을 섞는다면?

마휘는 그 끝을 알고 있었다.

한빈과 말이 길어질수록 사도련 측은 손해를 입을 것이다.

마휘가 달려가자 제갈공민도 함께 달려갔다.

그들이 달려간 곳에서는 독고진이 팔짱을 끼고 한빈을 바라보고 있었다.

제갈공민은 조심스럽게 그들의 옆으로 다가갔다.

그러고는 눈매를 좁히며 그들의 대화에 집중했다.

하지만 둘은 말이 없었다.

그저 서로를 바라볼 뿐이었다.

가까이 붙으니 한빈과 머리 하나는 차이가 나 보이는 모습.

어른과 아이가 대화를 하는 듯 보였다.

익절선생 마휘도 그들의 옆에 다가갔으나 쉽사리 말을 꺼내지는 않았다.

분위기가 너무 진중했기 때문이었다.

익절선생 마휘는 일단 상황을 지켜보기로 했다.

사도련주 독고진이 손해 볼 일을 하면 그때 나서기로 하고 한발 물러섰다.

제갈공민도 마찬가지였다.

마휘를 따라오긴 했지만, 정작 걱정이 되는 것은 한빈이었다.

마휘 자체가 이익이라면 죽고 못 사는 인간이었다.

오죽하면 익절선생이라는 별호가 붙었을까?

한빈은 정파를 대표할지도 모르는 상황이었다.

제갈공민은 한빈이 마휘의 세 치 혀에 당할까 두려웠던 것이다.

그런데 독고진의 눈빛이 심상치 않았다.

적을 바라보는 것도 아니고 아군을 바라보는 것도 아니었다.

제갈공민은 마른세수를 했다.

사도련주 독고진의 눈빛이 조금은 이상했기 때문이다.

그의 착각일까?

독고진이 한빈을 바라보는 눈빛은 마치 시험 감독관이 서생들을 감시하는 듯한 느낌이 들었다.

분명 둘은 이미 알고 있는 사이가 맞았다.

하지만 한빈의 인사에 제갈공민은 입을 벌려야 했다.

"처음 뵙는군요. 말씀 많이 들었습니다."

"나도 자네에 대한 얘기는 많이 들었네. 덕분에 내 귀가 닳아서 없어졌다네."

"농담이 지나치시군요."

"농담이 아니네. 내 누님한테 얼마나 들었는지 귀에 못이 박혔다네. 그건 그렇고 이 상황을 어떻게 알고 있던 것인가?"

"뭐, 제가 이래 봬도 개방에 한 발 걸치고 있지 않습니까?"

"알다가도 모를 일이군. 하북팽가의 직계가 무제자 홍칠개의 제자라니 말이야."

"뭐, 그렇게 됐습니다."

그때였다.

그들의 건너편에 있던 금선이 다시 소리쳤다.

"반이 아니라 내 전 재산을 다 주겠소! 내가 바로 강남제일의 상단, 금와 상단의 상단주요. 그리고 강남제일의 부자요. 내 재산을 전부 가지시오. 그리고 저들을 세상에서 지워 주시오!"

그 외침이 얼마나 절실한지 무림세가의 고수들을 독고진

의 눈치를 봤다.

독고진이 마음이 바뀌면 상황이 어떻게 되리라는 것쯤은 그들도 알고 있었다.

모두의 시선에 독고진은 고개를 갸웃했다.

"그렇다는군? 우습지 않나?"

"우습다니요?"

한빈이 모르겠다는 표정으로 물었다.

"강남제일의 부자는 따로 있거늘……. 어찌 자신이 강남제일의 부자라고 떠벌리는지 모르겠군."

"하하. 금와 상단의 상단주 정도면 강남제일의 부자라 해도 부족하지는 않지요."

"이제까지는 그랬지만, 얼마 전부터 바뀐 것으로 아네만은……."

"바뀌다니 설마……."

"그 부자가 가까이 있지 않나?"

독고진은 한빈을 그윽한 눈으로 바라봤다.

그 눈빛에 한빈이 검지를 입술에 갖다 댔다.

"그건 비밀입니다. 그런 고급 정보는 련주님만 아시는 게 이득이지요."

한빈은 지그시 웃었다.

그 웃음에 독고진 역시 진득한 웃음을 지어 보였다.

"하하, 수완도 좋군. 일단 그 수완은 합격일세."

"합격이라니요?"

"아, 내가 말이 너무 길었군. 그런데 저 두 고수는 대체 누군가?"

독고진은 힐끔 설화와 청화를 바라봤다.

시선을 받은 설화가 포권했다.

"저는 설산신녀 설화라고 해요."

"설산신녀라……."

"근래에 붙은 별호지요. 헤헤."

설화가 뭔가를 떠올린 듯 실없이 웃었다.

그때 청화도 앞으로 나섰다.

"저는……."

살짝 말끝을 흐린 청화는 한빈을 바라봤다.

그 눈빛에 한빈이 작게 웃었다.

청화의 마음을 훤히 알고 있기 때문이었다.

청화는 설화와 달리 별호도 없었다.

그렇다고 사천당가의 사람이라 밝히기도 애매한 처지일 것이다.

한빈은 나지막한 목소리로 끼어들었다.

"이 아이는 청산신녀라는 별호를 가지고 있습니다."

"아, 청산신녀였군……."

독고진은 청화를 바라보며 별호를 곱씹었다.

사실 설화의 별호에 대해서는 나루터에서 들었기에 알고

있었다.

별호라는 게 허명에 불과하다지만, 사실 별호만큼 중요한 것도 없었다.

별호가 생겼다는 것은 강호인들에게 그만큼 깊은 인상을 심어 주었다는 것이니까.

강호인은 나루터에서 일이 있고 난 후, 설산신녀라는 별호를 조금씩 퍼뜨리기 시작했다.

독고진은 이곳으로 천천히 이동하며 그 별호를 확인할 수 있었다.

하지만 청화에 대해서는 아는 것이 없었다.

독고진은 청화가 보통의 인물이 아님을 알고 있었다.

그런 인물이 별호가 없다는 것은 말도 안 되었다.

물론 한빈이 즉흥적으로 지어낸 것이라고는 생각도 하지 못했다.

청화의 눈가에는 살짝 눈물이 맺혔다.

단 며칠이지만, 별호가 생긴 설화가 부러웠다.

그런데 오늘 자신도 별호가 생겼다고 생각하니 감정이 북받쳐 올랐다.

그때 한빈이 활짝 웃으며 독고진에게 포권했다.

"저는 진룡소협이라 불러 주시면 됩니다."

"허."

독고진이 엷은 한숨을 토해 냈다.

나루터에서도 봤지만, 이리 뻔뻔할 줄은 몰랐다.

지금의 별호가 자신이 지었다는 것을 독고진은 알고 있었다.

거기까지는 알고 있었지만, 자신에게 이렇게 별호를 밝힐 줄을 상상도 못 한 것이다.

그것도 잠시, 독고진은 고개를 저었다.

어쩌면 자신을 소협이라 칭한 것은 실력의 삼 할을 숨기기 위함이라는 생각이 들어서였다.

독고진은 한빈이 가면 한두 개쯤 쓰고 있을 것이라 생각했다.

적룡대협과 청운사신의 후인이니, 소협이 아닌 대협으로 칭해도 모자람이 없을 것이었다.

갑자기 훈훈해지는 분위기로 바뀌자 건너편에서 보고 있던 금선은 애가 탔다.

돈이면 다 될 것이라고 생각했는데, 상대에게는 씨알도 먹히지 않았다.

금선은 이를 악물었다.

이제 자신이 벼랑 끝에 몰린 사냥감이라는 것을 깨달았다.

금선은 조용히 자신의 황금빛 의자로 걸어갔다.

그는 모든 것을 포기한 듯 의자의 팔걸이를 잡아당겼다.

툭.

황금빛 의자의 손잡이가 떨어져 나왔다.

금선은 손잡이 아래에 달린 줄을 당겼다.

손잡이에서 황금빛 구슬이 허공으로 날아갔다.

황금빛 구슬이 허공으로 날아가자 마치 보름달이 두 개인 것처럼 보였다.

그것도 잠시, 황금빛 구슬은 허공에서 터졌다.

팡. 팡.

황금빛 구슬의 정체는 신호탄이었던 것이다.

그 불꽃 또한 황금빛이었다.

그 모습에 무림세가의 사람들은 안도의 한숨을 내쉬었다.

제갈공민도 마찬가지였다.

"휴, 다행히도 폭약이나 독은 아니었군."

"저게 폭약이나 독보다 더 무서울지 어찌 알겠소?"

마휘가 의심의 눈초리로 하늘을 바라봤다.

그렇게 한참을 바라보던 마휘는 고개를 갸웃했다.

아무 일도 일어나지 않았기 때문이다.

그때 한빈이 말을 이었다.

"일단 저들을 제압하도록 하시죠."

한빈의 말에 모두는 고개를 갸웃했다.

한빈이 어둠 속을 보고 말했기 때문이었다.

사도련주인 독고진도 한빈이 누굴 보고 이야기하는지 모를 정도였다.

그때 한빈이 재촉하듯 말했다.

"이제 솎아 낼 자는 다 솎아 낸 것 같으니 손을 쓰셔도 됩니다."

한빈이 막 말을 마쳤을 때였다.

어둠 속에서 백발의 노인이 걸어 나왔다.

묘한 것은 이마에 난 주름조차 각이 잡혀 있다는 점이었다.

사실 인상이 아니라 그의 분위기가 날카롭기에 모든 것이 날카롭게 느껴졌다.

터벅터벅.

조용히 걸어 나온 그의 얼굴이 달빛에 또렷해지자 제갈공민을 비롯한 십대세가의 대표들이 눈을 크게 떴다.

"헉, 어떻게……."

"무사하셨군요."

여기저기서 놀란 듯한 목소리가 튀어나왔다.

지금 나온 이는 다름 아닌 당무천이었다.

당광현의 아버지이며 청화의 할아버지, 즉 사천당가의 가주인 당무천.

그가 걸어 나오자 좌중은 술렁이기 시작했다.

그중 가장 놀란 것은 남궁장천이었다.

천하제일의 독인이라는 칭호로 강남 무림에 군림해 오던 것이 당무천이었다.

남궁장천은 덕분에 강남의 오대세가 중 이인자의 칭호를 받아야 했다.

하지만 당무천이 쓰러지자 가장 충격을 받은 것 또한 남궁장천이었다.

남궁장천은 전성기의 당무천을 꺾고 싶은 마음이 있었기 때문이다.

그것이 정파답게 정상에 오르는 방법이었다.

그렇기에 당무천을 가장 잘 알고 있는 것이 남궁장천이었다.

그가 진심으로 놀라고 있는 것은 당무천이 내뿜고 있는 기세였다.

그전에 그가 보여 줬던 기세는 주변 사람들이 참을 수 없을 만큼 거칠었다.

그것은 독인의 기질 때문이었다.

하지만 지금은 그 거친 기세를 조금도 느낄 수 없었다.

기세가 완벽하게 달라진 것이다.

그냥 달라진 것이 아니라 그의 기세에는 공허함이 묻어났다.

남궁장천은 그것이 공독지체가 내뿜는 자연스러운 분위기라는 것은 꿈에도 몰랐다.

천천히 걸어온 당무천은 한빈을 보더니 부드럽게 웃었다.

하지만 말을 하지는 않았다.

그저 고개를 끄덕일 뿐이었다.

대신 청화의 손을 잡았다.

청화의 손목을 잡은 당무천이 나지막한 목소리로 말했다.

"청화야, 할아비가 재주 하나를 보여 주마. 옆에서 구경하겠느냐?"

"네."

청화가 조용히 고개를 끄덕이자, 당무천은 등에 걸친 피풍의를 허공으로 던졌다.

획.

허공으로 던진 피풍의는 실 끊어진 연처럼 펄럭이며 어디론가 날아갔다.

방향을 잃고 날아가는 것처럼 보이던 피풍의가 마지막으로 향한 것은 금선이 있는 자리였다.

펄럭이며 날아가던 피풍의가 허공에서 터졌다.

팡!

그 모습에 한빈이 나지막이 말했다.

"이제 승부는 끝났군요."

"대체 저건 무엇인가?"

사도련의 독고진이 묻자 한빈이 말했다.

"사천당가의 비밀입니다. 뭐, 상대 쪽에서 아직도 돌을 던지지 않으니 우리는 지금부터 계가(計家)를 해야겠지만요."

허공에서 터진 피풍의는 천 갈래 만 갈래로 찢어졌다.

조그만 천 조각이 바람처럼 휘날리다가 갑자기 아래로 떨어진다.

어찌 보면 매화 같기도 하고.

어찌 보면 국화 꽃잎과도 같은 천 조각이 바닥에 떨어졌다.

투둑. 투둑.

그것은 소나기였다.

사도련의 독고진이 눈을 크게 떴다.

"마치 화산의 앞마당을 보는 것 같군. 매화꽃이 흩날리는 늦봄의 화산이야. 아니, 국화가 날리던 곤륜의 모습과도 비슷한가? 역시 명불허전이라더니……."

독고진은 추억을 떠올리는 듯한 눈빛으로 말끝을 흐렸다.

그때 제갈공민이 언제 왔는지 끼어들었다.

"그것도 하늘을 덮은 꽃비군요. 만천……."

제갈공민의 말을 독고진이 이었다.

"화우."

그 순간 무림세가의 고수들이 술렁이기 시작했다.

"만천화우라니!"

"저건 당가에서 사라진 무공이 아니던가?"

"그러게 말일세."

"자, 잠시만 기다려 보게. 만천화우가 문제가 아니지 않나. 당무천이 어떻게 저런……."

"헉, 죽은 거 아니었어?"

무림세가 고수들의 눈은 한계까지 커졌다.

말을 안 했지만, 십대세가의 대표들도 당황하기는 마찬가지였다.

지금 무가지회를 사천당가에서 개최한 이유가 무엇이던가?

원인 불명의 병을 앓고 있던 당무천을 위해서였다.

수많은 무림세가가 모이는 무가지회를 개최해서 당무천을 치료하는 것이 숨은 이유였다.

그들이 놀라는 사이에도 꽃비가 된 피풍의 조각이 무서운 기세로 금선의 진영을 쑥대밭으로 만들었다.

투둑. 투둑.

금선이 있는 진영의 중심에 박히다 보니 그들은 점점 뒤로 밀렸다.

주변을 살피고 피할 여유 따위는 없었다.

금선과 그의 수하는 본능적으로 뒤로 물러나고 있었다.

그때였다.

그의 귓가에 날카로운 파공성이 울렸다.

휘릭.

고개를 돌린 금선의 눈이 커졌다.

뒤쪽으로 물러나던 수하 중 몇이 걸음을 멈춘 것이다.

갑작스러운 상황에 금선과 수하는 동작을 멈췄다.

순간 걸음을 멈춘 자 중 하나의 목이 바닥을 굴렀다.

툭, 데구루루.

금선이 외쳤다.

"더는 물러서지 마라!"

함정이 묘하게 바뀐 것이다.

적을 몰아넣기 위해 파 놓은 함정인데, 이제는 자신을 위협하는 칼날이 되어 돌아왔다.

아악!

억!

비명이 금선의 귓가를 덮었다.

만천화우에 당해 쓰러지는 수하들의 목소리였다.

뒤에는 자신이 만들어 놓은 난공불락의 함정이 버티고 있고 앞쪽에서는 당무천이 만들어 낸 꽃비가 기세를 뿜어내며 다가오고 있었다.

금선은 자신도 모르게 적의 진영을 바라봤다.

대체 어떻게 된 일이란 말인가?

아무리 생각해도 알 수 없었다.

누가 이렇게 완벽한 함정을 파 놓았단 말인가?

어떻게 당무천까지 저리 멀쩡하게 날뛰고 있단 말인가?

금선의 머릿속에는 의문이 쌓여 갔다.

금선은 조용히 적진을 살폈다.

이 모든 계획을 애송이가 짰을 리는 없었다.

그렇다면?

제갈공민은 확신했다.

확신이 들자 그는 다시 머리를 쥐어짜기 시작했다.

문제는 상대측이 자신의 계획을 얼마나 알고 있는 것일까

하는 점이었다.

설마 자신의 마지막 수까지 알고 있는 것일까?

의문을 피워 올리던 금선이 고개를 갸웃했다.

제갈공민의 표정 때문이었다.

멀리 떨어져 있는 제갈공민은 영문을 모르겠다는 듯 고개를 갸웃하고 있었다.

누가 봐도 이 일을 계획한 자라고는 생각할 수 없었다.

그때 그 옆에 애송이의 얼굴이 눈에 들어왔다.

그 애송이는 분명히 희미하게 웃고 있었다.

설마?

금선이 눈을 가늘게 뜨고 있을 때였다.

당무천이 서서히 이쪽으로 걸어왔다.

스륵. 스륵.

옷자락이 땅에 스치는 소리만이 살짝 들려온다.

그 소리는 당무천이 내는 소리가 아니었다.

당무천의 손을 잡은 소녀가 내는 소리였다.

그 소녀는 물론 청화였다.

청화는 당무천의 손을 잡고 적진을 향해서 나아가고 있었다.

당무천은 청화를 보며 슬며시 웃었다.

마치 소풍이라도 나온 표정이었다.

사실 당무천은 감정을 반쯤은 속이고 있었다.

본래 성격대로라면 상대를 모두 한 줌 피떡으로 만들었을 것이다.

그것이 사천당가의 방식이니까.

하지만 하북팽가 사 공자와의 약속 때문에 이들에게 자비를 베풀고 있었다.

이렇게 마지막에 모습을 드러낸 것도 모두가 한빈과의 약속 때문이었다.

당무천은 이제까지 참아 왔던 모든 것을 이번 한 수에 퍼붓고 있었다.

투둑. 투둑.

그가 뿌린 만천화우는 아직도 적들에게 떨어지고 있었다.

이것이 만천화우의 무서운 점이었다.

세상에 어떤 고수가 비를 피할 수 있을까?

이것은 그냥 소나기가 아니었다.

빗방울 하나하나가 막강한 기세와 독을 품고 있는 소나기였다.

한 번만 스쳐도 적에게는 치명적이었다.

터벅터벅.

당무천은 만천화우 속으로 걸어갔다.

그것도 청화의 손을 잡고 말이다.

순간 이를 지켜보던 무림세가의 고수들이 눈을 크게 떴다.

누군가가 손가락으로 당무천과 청화를 가리켰다.

"헉, 저기를 왜 걸어가?"

"그러게 말이야. 저건 자만……."

누군가는 말끝을 흐렸다. 아무리 생각해도 둘의 모습이 이상했기 때문이다.

아직도 바닥에 비수처럼 꽂히는 만천화우가 당무천과 청화만은 피해 갔기 때문이었다.

말끝을 흐린 무림세가의 고수는 안력을 돋궈 당무천을 관찰했다.

"음."

그는 침음을 삼켰다.

도저히 이해가 안 될 현상이 일어나고 있기 때문이었다.

아래로 꽂히는 꽃비가 당무천의 한 뼘을 두고 힘을 잃었다.

"설마……."

그가 말끝을 다시 흐리자 옆에 있던 고수가 말을 이었다.

"저건 분명 호신강기일세."

"만천화우를 튕겨 내는 호신강기라고?"

"호신강기로 만천화우를 튕길 수 있으면 그건 진정한 만천화우가 아니지 않나?"

"그러게 말일세. 우산으로 막을 수 있는 만천화우라면 그건 진정한 만천화우가 아니지."

"이건 모순일세."

무림세가 사람들은 당무천의 한 걸음 한 걸음에 마른침을 삼켰다.

마지막에 말한 자의 말은 모두가 공감하는 바였다.

무엇이든 뚫을 수 있는 창과 무엇이든 막을 수 있는 창.

창은 물론 만천화우였다.

하지만 그런 만천화우를 막을 수 있는 호신강기가 존재한다면?

물론 한두 방울의 비는 호신강기로 피할 수 있다.

하지만 계속 떨어지는 빗방울 모두를 호신강기로 피할 수는 없는 법이었다.

가랑비에 옷이 젖는다고 하는 속담이 있지 않은가?

그것이 만천화우의 무서운 점이었다.

그때 누군가가 낮은 목소리로 말했다.

"공독지체!"

모두는 그 목소리가 나는 쪽을 바라봤다.

그곳에는 사도련의 독고진이 의미심장한 눈으로 당무천을 바라보고 있었다.

그의 목소리에 무림세가 진영의 사람들은 흥분한 목소리로 웅성거리기 시작했다.

"공독지체라고?"

"자세히 보게! 호신강기가 아니야."

그들은 하나같이 손을 들어 당무천을 가리켰다.

당무천을 가리킨 그들의 검지가 미세하게 떨린다.

그때 누군가의 웃음이 들렸다.

"하하."

내공이 실리지는 않았지만, 호기로운 기세가 담긴 시원한 웃음이었다.

그 웃음을 흘린 이는 사도련의 독고진이었다.

그 웃음을 뱉어 낸 독고진이 한빈을 바라봤다.

"두 번째도 합격일세. 이제 마지막 시험만 통과하면 만통(滿通)일세."

"아까부터 합격이라니, 그게 무슨 말씀입니까?"

"그건 비밀일세. 우리 누님이 비밀로 하라고 하셔서……."

독고진은 흐뭇한 눈빛으로 한빈을 바라봤다.

한빈은 고개를 갸웃했다.

상대는 사파의 반을 가지고 있는 자였다.

그런 자가 지금 과거 시험의 감독관처럼 자신을 평가하고 있었다.

과연 무엇을 평가하고 있는 것일까?

하지만 물어볼 수는 없었다.

아니 물어볼 필요가 없었다.

아직은 한빈이 의도한 대로 모든 것이 흘러가고 있으니까.

당무천은 천천히 금선을 향해 나아갔다.

사실 현 상황에 대해 가장 놀라고 있는 것은 당무천이었다.

만독지체를 넘어서 공독지체를 이루고 이제는 만천화우까

지 펼칠 수 있었다.

사실 당무천은 독 기운으로 호신강기를 펼치려 했다.

만천화우와 같은 힘으로 펼친 호신강기로 몸을 보호하면 되겠다는 생각으로, 천천히 아수라장으로 발걸음을 옮긴 것이다.

그 행동에는 사천당가의 건재함을 보여 주겠다는 속셈이 있었다.

하지만 그보다 앞선 의도는 손녀인 청화에게 할아버지가 건강하다는 것을 보여 주기 위함이었다.

그런데 그 계획에 차질이 생겼다.

손녀인 청화의 공독지체의 경지가 자신보다 높았다.

청화는 당무천이 펼친 만천화우에 담긴 기운을 본능적으로 흡수하고 있었으니 말이다.

쏟아지는 만천화우가 당무천과 청화의 주변에서 힘을 잃고 흩어지는 것은 청화가 그 기운을 모두 앗아 갔기 때문이다.

놀람을 숨긴 당무천은 흐뭇한 눈빛으로 청화를 바라봤다.

후생가외(後生可畏)라 했던가?

이제는 후대에 자리를 내어 주어야 할 때가 된 것 같았다.

청화를 바라보던 당무천의 눈썹이 꿈틀했다.

청화가 자신을 바라보고 있지 않았기 때문이다.

청화는 한빈과 설화가 있는 쪽을 바라보며 활짝 웃고 있었다.

마치 오래된 가족처럼…….

당무천이 천천히 고개를 끄덕였다.

모든 상황을 인정한 것이다.

전 같으면 상상도 하지 못할 일이었다.

아무래도 이번 일로 무공뿐 아니라 정신적으로도 경지가 높아진 것 같았다.

당무천의 눈썹이 반달 모양을 그렸다.

앞으로 오를 곳이 있다고 생각하니 즐거워진 것이다.

당무천은 다시 시선을 돌렸다.

그가 바라보고 있는 곳에는 금선이 있었다.

당무천은 드디어 화풀이할 곳을 찾았다.

순간 당무천의 기세가 바뀌었다.

만천화우가 만들어 낸 꽃비가 소용돌이쳤다.

마지막 힘을 짜내듯 말이다.

숨 몇 번 지날 시간이 지나자, 만천화우의 기세가 사그라들었다.

당무천은 사람 좋은 얼굴로 상대를 바라봤다.

만천화우를 맞은 금선의 인피면구가 반쯤은 벗겨져 있었다.

다른 이들도 마찬가지였다.

만천화우에 휩쓸린 덕분에 그들의 외모는 무림세가의 사

람들과 완전히 달라져 있었다.

그때였다.

휘리링.

산들바람이 다시 주변을 휩쓸고 지나갔다.

꽃비가 되어 쏟아지던 조각난 피풍의가 바람에 실려 덩실거리며 날아갔다.

이제는 만천화우의 기세가 사라진 것이다.

순간 금선과 그의 수하들이 무릎을 꿇었다.

자신의 의지는 아니었다.

갑자기 내공이 빠져나가는 듯한 느낌과 함께 바닥에 널브러지기 시작한 것이다.

털썩, 털썩.

그 모습에 당무천은 오른손을 높이 올렸다.

그러고는 앞을 가리켰다.

"포박하라!"

그 외침과 더불어 사천당가의 무사들이 달려갔다.

금선과 그의 수하 그리고 배신자들이 포승줄에 묶이자 주변이 웅성거리기 시작했다.

"이제야 끝났군."

"이만하길 다행일세."

그들의 웅성거림을 뒤로한 채 한빈은 비파를 들고 조용히 그들 사이를 지나갔다.

용봉지회가 열리던 비무대 주변.

폭발의 영향으로 아수라장이 된 곳 중 가장 멀쩡한 곳이 바로 비무대 주변이었다.

비무대를 중심으로 금선과 수하 그리고 가문을 배신한 반역도들이 포승줄에 꽁꽁 묶인 채 처분을 기다리고 있었다.

그들을 바라보는 무림세가 사람들의 표정은 편하지만은 않았다.

평범한 전쟁에서의 승리라면 사기가 하늘을 찔러야 할 텐데, 이것은 평범한 전쟁이 아니었다.

대부분 가문에서 배신자가 한두 명은 나왔으니 말이다.

웅성거리던 그들은 조용히 한 곳으로 시선을 돌렸다.

그곳에는 한빈이 팔짱을 끼고 있었다.

그들이 가장 궁금해하는 것은 사실 한빈의 정체였다.

정확히는 모르지만, 승리의 중심에는 한빈이 있었다.

하지만 한빈의 정확한 정체에 대해서 알고 있는 가문은 천하 십대세가밖에는 없었다.

나머지 가문은 한빈의 정체에 대해서 추측만 할 뿐이었다.

그들의 시선에도 한빈은 눈길조차 주지 않았다.

한빈은 머릿속에 현재까지의 상황을 그리며 작게 한숨을 내쉬었다.

"휴."

여러 감정이 담긴 한숨이었다.

하북팽가는 미리 솎아 냈기에 배신자가 없던 것일 뿐이라 생각했다.

과거로 거슬러 오지 않았다면 이 승부는 적의 의도대로 흘러갔을 것이다.

전생을 돌이켜 보니 마교가 주적이 아니었을지도 모른다는 생각이 문득 들었다.

마교나 정의맹이나 누군가의 손에서 놀아난 것이 아니었을까?

이 의문을 이제부터 풀어야 했다.

한빈은 고개를 돌려 사천당가의 정문이 있는 곳을 바라봤다.

팔짱을 끼고 뭔가를 기다리는 듯한 모습에 설화가 물었다.

"공자님, 뭐 하세요?"

"손님을 기다리고 있지."

"손님이요?"

설화는 눈을 크게 떴다.

한빈이 묘한 미소를 지었기 때문이었다.

표정을 수습한 설화가 재빨리 입꼬리를 올렸다.

그러고는 한빈의 의도를 안다는 듯 고개를 끄덕였다.

그때였다.

저 멀리서 마차 끄는 소리가 들려왔다.

드르륵, 드르륵.

마차뿐이 아니었다.

말발굽 소리가 점점 가까워졌다.

따가닥, 따가닥.

그 소리는 제법 사람들의 눈길을 끌었다.

죽을 고비를 한 번 넘긴 무림세가의 사람들은 각자의 병장기를 잡았다.

모든 것이 끝났다고 생각했는데 갑작스러운 손님의 방문은 그들을 긴장시키기에 충분했다.

모두가 마른침을 삼키고 있을 때 설화가 손뼉을 쳤다.

짝.

정문 쪽을 보며 보기 좋게 미소를 그린 설화가 살짝 허리를 숙였다.

준비되면 바로 튀어 나갈 자세였다.

그 자세 그대로 설화는 다가오는 마차를 향해 달려가기 위해 심호흡했다.

그 모습에 청화가 물었다.

"왜 그래요? 언니."

"공자님이 기다리던 손님이잖아. 진심으로 맞이해야지."

"그게 진심으로 맞이하는 거예요? 어딘가 수상한데요?"

"진심으로 손님을 맞이한다는 건 항상 힘든 일이니까. 잘 봐 둬."

"네, 알았어요. 잘 봐 둘게요."

말을 마친 청화는 고개를 갸웃했다.

청화는 손님 하면 떠오르는 것이 계약서가 든 보따리밖에 없었다.

그런데 설화가 계약서가 든 보따리를 그냥 두자 하니, 이해가 안 되었다.

설화는 청화 시선에 아랑곳하지 않고 진기를 움직이기 시작했다.

단전에서 다리로.

다리에서 발바닥으로 기를 모으는 설화를 본 청화가 눈매를 좁히며 끼어들었다.

"그런데 왜 그렇게 살벌하게 느껴지죠? 우혈랑검은 왜 뽑으신 거예요?"

"아까 공자님 표정 봤잖아. 손님이란 게 진짜 손님이겠어?"

"그럼요?"

청화가 고개를 갸우뚱하며 묻자 설화가 어깨를 쫙 펴며 당당히 답했다.

"적이 분명할 거야. 그렇다면……."

설화의 말이 끝나기도 전에 청화가 알았다는 듯 재빨리 끼어들었다.

"저도 갈게요, 언니."

청화가 눈을 빛내자 설화가 고개를 끄덕인다.

동시에 청화는 주위를 두리번거렸다.

그 모습이 때마침 온 당무천의 눈에 띄었다.

당무천은 주위를 두리번거리는 청화의 모습에 부드러운 목소리로 물었다.

"애야, 무엇을 찾느냐?"

"할아버지, 혹시 남는 단검 있으면 빌려주세요."

"단검이라니……."

당무천은 청화를 바라보며 말끝을 흐렸다.

모든 일이 끝난 이 시점에도 불안한 듯 무기를 찾는 손녀가 불쌍했다.

당무천은 청화가 이제까지 어떤 삶을 살아왔는지를 떠올리고는 한숨을 내쉬었다.

"휴."

상상의 날개를 편 당무천은 갑자기 가슴이 저렸다.

그것도 잠시, 당무천은 재빨리 표정을 수습했다.

이런 약한 모습을 손녀에게 보일 수는 없었다.

당무천은 조용히 시선을 돌려 한빈을 바라봤다.

납치된 마두의 손에서 구해 준 것도 모자라 아무 조건 없이 청화를 가족처럼 돌봐 준 것이 고마워서였다.

거기에 친언니처럼 옆에서 버티고 있는 설화의 존재도 고마웠다.

당무천은 청화의 어깨를 조심스럽게 다독였다.

"할아버지! 표정이 왜 그래요?"

"아, 아무것도 아니다."

당무천은 손을 내젓자, 청화는 고개를 갸웃할 뿐이었다.

청화는 드디어 어디선가 단검 하나를 구해서 손에 꼭 쥐었다.

그 모습을 뒤에서 보고 있던 한빈이 둘의 어깨를 잡았다.

"잠시만, 기다려 봐."

"왜요? 공자님."

설화가 우혈랑검을 오른손으로 꼭 쥔 채 눈을 빛냈다.

그 모습에 한빈이 한숨을 쉬었다.

"설화야, 너는 지금 오는 사람이 대체 누구라고 생각하는 거야?"

"공자님이 말씀하신 손님이 저분들이 아닌 건가요?"

"맞긴 맞지. 그런데 저자를 어떻게 하려는 게냐?"

"우혈랑검으로 그냥……."

설화가 말끝을 흐리자, 한빈이 한숨을 쉬었다.

"네가 저자의 목을 베면 우리는 상상도 할 수 없는 거대한 세력과 싸워야 한다."

"거대한 세력이요? 그동안 싸웠잖아요."

"암제는 거대한 존재라고 하기보다는 고구마 줄기 같은 존재였지."

"고구마 줄기요?"

"고구마 줄기는 어디까지 묻혀 있는지 모르는 법이잖아. 하지만 줄기를 잡고 가다 보면 언젠가는 뿌리가 나오는 법이지."

"아, 그러면 저들은요?"

"저건 고구마 줄기가 아니라 거목의 가지란다. 썩었을지는 몰라도 말이지."

"썩어요?"

고개를 갸웃하던 설화가 눈을 크게 떴다.

횃불 아래에서 펄럭이는 붉은색 깃발을 보았기 때문이다.

붉은색 천 위에는 청색의 글씨가 수놓아져 있었다.

동(東)

"저 깃발은……."

설화가 말끝을 흐리자 한빈이 그 말을 받았다.

"동창의 깃발이지."

한빈이 진득한 미소를 지었다.

설화는 그제야 자신의 실수를 깨달았다.

저들의 멱을 따면 나라와 맞서야 했다.

그때였다.

옆에 있던 당무천도 고개를 갸웃했다.

"우리 사천당가와 동창은 연이 없을 텐데……. 무슨 냄새를 맡고 여기까지 왔을꼬?"

"아마 금선이 불렀겠지요."

한빈은 연무장 가운데에 포승줄로 묶여 있는 금선을 가리켰다.

그 모습에 당무천의 눈썹이 꿈틀했다.

그가 마지막에 쏘아 올린 황금빛 불꽃이 이제야 기억난 것이다.

그 불꽃이 동창을 부르는 신호였던 것 같았다.

강남제일의 상단을 운영하다 보면 중앙 정계와 연이 없을 수가 없었다.

당무천은 그 연줄을 간과했다는 것을 후회했다.

그는 금선을 바라보며 살기를 피워 냈다.

차라리 그 자리에서 피떡으로 만들 것을 그랬다는 후회까지 들었다.

금선의 행위는 도저히 용서가 안 되었다.

거기에 금선이 속해 있던 집단이 청화를 납치했다고 하니 더욱 용서할 수 없었다.

무림의 정의를 위해서가 아니라 사천당가를 풍비박산 내려고 한 것에 대한 개인적인 원한이었다.

눈썹을 꿈틀대던 당무천이 낮은 목소리로 말했다.

"누가 와도 저자는 못 내어 주네. 내 목을 걸고 저자는 내 손으로 처단할 것이야."

"죄송하지만……."

한빈이 살짝 말끝을 흐리자 당무천이 눈을 가늘게 떴다.

"왜 그러나?"

"하찮은 일에 목숨을 걸 필요는 없습니다. 사천당가의 가주뿐 아니라 이곳에 어떤 누구라도요."

"허."

당무천은 한숨을 내쉬었다.

당무천은 한빈이 북경의 정계를 너무 모른다고 생각했다.

당무천은 진중한 목소리로 말을 이었다.

"아마 저자를 동창에 넘기면 아무 일도 없었다는 듯 풀려날 것일세. 동창은 없던 법도 만들고 있던 법도 지울 수 있는 집단이니……."

"잘 알고 있습니다. 그러니 할 수 없는 일 아니겠습니까? 나라와 싸울 수는 없는 법이니까요."

"설마 저자를 넘겨주겠다는 것인가?"

"넘기지 않을 겁니다."

"그럼 나와 함께 동창을 막을 텐가?"

"그것도 싫습니다."

"허허."

당무천은 황당하다는 듯 헛웃음을 터뜨렸다.

그때 한빈이 어깨를 으쓱하며 말을 이었다.

"한 가지만 부탁드리겠습니다, 어르신."

"말해 보게."

"동창과 협상이 끝나기 전에는 무림세가 측이 어떤 협상도 하지 못하도록 막아 주십시오."

한빈은 뒤쪽을 가리켰다.

한빈이 걱정하는 것은 하나였다.

금선을 통해서 밝혀내야 할 것은 한 가지가 아니었다.

암제라는 고구마 뿌리를 캐냈지만, 그 줄기가 어디까지 뻗쳐 있는지 모르는 상황이었다.

물론 한빈의 몫은 아니었다.

십대세가의 대표들이 해야 할 일들이었다.

이번 무가지회에서 주제는 바뀌어야 했다.

사파를 어떻게 견제하느냐에서 금선과 연결된 줄기를 모두 드러내는 것으로 말이다.

하지만 동창이 온 것을 보고 감정을 드러내면 모든 일을 그르칠 수도 있었다.

당무천 혹은 십대세가의 대표들이 통제하지 않는다면?

금선을 넘겨주기 싫어서 검을 뽑아 드는 무림세가가 나올 수도 있었다.

그 검이 동창을 향하거나 금선을 향하거나, 둘 다 문제였다.

금선의 목이 달아나는 순간 이제까지 힘들여서 수 싸움을 펼친 노력은 물거품이 된다.

대국에 빗대어 말하면 파국을 맞이하는 것은 무림세가 측이라는 말이었다.

당무천이 기세를 뽐내며 무림세가 쪽으로 걸어가자, 술렁임은 이내 고요함으로 바뀌었다.

모두가 눈을 가늘게 뜨며 다가오는 동창의 행렬을 바라볼 뿐이었다.

동창의 행렬은 자신의 존재감을 뽐내려는 듯 최대한 천천히 오고 있었다.

그때였다.

한빈은 설화를 바라봤다.

"설화야, 폭죽 남은 거 있지?"

"무슨 색으로요?"

"붉은색으로……."

"여기 있어요."

"당겨."

"네?"

"그냥 시원하게 당겨 버려."

한빈이 고개를 손짓하자, 설화가 뒤쪽으로 달려가 보따리에서 폭죽 하나의 끈을 당겼다.

순간 설화의 머리 위로 불꽃이 솟아올랐다.

쉬잉.

하늘 높이 날아간 폭죽이 터졌다.

팡!

달만 덩그러니 떠 있는 하늘을 배경으로 불꽃이 수를 놓았다.

마치 잘 그린 난처럼 곡선을 그리며 떨어지는 불꽃에, 모두는 눈을 크게 떴다.

무림세가 사람들은 지금 무슨 일이 일어난 건지 모르겠다는 듯 고개를 갸웃하고 있었다.

물론 그들을 향해 달려오던 동창의 행렬도 움직임을 멈췄다.

그들도 하늘 위를 수놓고 있는 폭죽을 보며 의문을 떠올렸다.

모두가 폭죽을 보며 의문을 떠올릴 때, 사천당가에서 오백 걸음 떨어진 곳에 있던 무리는 들썩이기 시작했다.

드디어 움직일 때가 된 것을 기뻐하듯 눈을 빛냈다.

그 무리 중 가장 앞선 이는 양예신이었다.

"이제 출발하자!"

양예신의 외침에 어둠 속에서 숨을 죽이고 있던 신창양가의 무사들이 천천히 사천당가를 향해 나아갔다.

양예신의 표정은 비장했다.

그는 사천당가의 앞마당에서 벌어진 싸움을 모두 지켜봤다.

그 싸움을 보고 피가 끓지 않을 무인은 없을 것이었다.

하지만 양예신은 참았다.

한빈이 당부한 것이 생각났기 때문이다.

한빈은 별도의 신호가 있을 때까지는 나서지 말라고 했다.

그런데 싸움이 끝날 때까지 아무런 신호도 없었다.

양예신은 자신을 여기까지 왜 불렀는지 도저히 이해가 되지 않았다.

왜 가문의 상방보검을 가져오라 했는지도 이해가 되지 않았다.

이런 부탁을 할 거면 차라리 금은보화를 요구하는 것이 더 나았다.

가문의 상방보검까지 가져오라 했으면 그에 합당한 임무가 주어져야 한다.

한빈과 장자명이 가문에 베푼 은혜는 상방보검 하나가 아니라 가문의 모든 재산을 털어도 갚지 못할 것이었다.

하지만 실망도 잠시뿐이었다.

양예신은 사천당가의 정문을 지나는 행렬에 한빈이 원하는 것이 무엇인지를 한 번에 깨달았다.

상방보검을 가져오라는 뜻도 대충 알 수 있었다.

양예신은 모두에게 이동할 준비를 시켰다.

그러던 중 약속한 붉은 폭죽이 터진 것이다.

양예신은 자신의 역할이 그리 작지 않으리라는 것을 확신했다.

전쟁이라는 것이 모든 전력을 한 번에 털어 넣는 법은 없었다.

모든 전력을 털어 넣어 승리하면 그게 가장 최선이었다.

금선이 숨겨 놓은 한 수가 동창이라면, 신창양가는 한빈이 숨겨 놓은 한 수였다.

그렇게 생각한 양예신의 입꼬리가 보기 좋게 올라갔다.

이번에야말로 은혜를 갚을 기회라고 생각한 것이었다.

얼마 되지 않아 사천당가의 정문이 코앞으로 다가왔다.

***

한편, 한빈이 있는 곳으로 행군하듯 다가가던 동창의 행렬은 아직도 움직이지 않고 있었다.

경계의 눈빛을 보내는 것이다.

중앙 정계의 암투라면 동창을 따라갈 집단이 없었다.

자신들이 함정을 파는 만큼 남들에게 접근할 때도 조심하는 것이었다.

스무 걸음 정도 떨어진 곳에 있는 한빈도 그들의 움직임을 보고만 있었다.

깃발과 옷의 색으로 동창이라는 알 수 있었지만, 그들이 어느 지역의 소속이냐는 별개의 문제였다.

한빈은 안력을 돋궈 동창의 우두머리로 보이는 자를 바라봤다.

관모와 그를 둘러싼 호위로 봐서 아마도 강남 지역을 총괄하는 제독으로 보였다.

신분으로만 본다면 사천성 성주의 바로 아래라고 보면 되었다.

하지만 끈끈한 동창의 유대 관계 덕분에, 실질적인 힘은 사천성주를 능가할지도 모른다.

그를 바라보던 한빈은 미간을 좁혔다.

동창의 우두머리로 보이는 자에게서 기세가 전혀 느껴지지 않았기 때문이다.

마치 자신이 반박귀진을 쓴 것처럼 말이다.

이 의미는 두 가지였다.

한빈보다 경지가 몇 단계 더 위이든가, 아니면 무공을 아예 모르든가 말이다.

동창에서 문사 출신이 인물이 저 위치까지 오른다?

아무래도 지략에 능한 자라 봐야 했다.

하지만 경지를 알 수 없는 절대고수라면?

한빈은 남들은 눈치채지 못할 정도로 작게 고개를 흔들었다.

동창에 그런 절대고수가 있을 리는 없었기 때문이다.

한빈은 힐끔 뒤쪽을 바라봤다.

한빈의 뒤쪽에는 이미 제갈공민이 기다리고 있었다.

한빈과 제갈공민은 서로 눈빛을 교환했다.

제갈공민은 조용히 고개를 끄덕이며 한빈을 스쳐 지나갔다.

동창의 행렬로 걸어가며 제갈공민은 한빈을 다시 한번 힐끔 바라봤다.

하북팽가의 사 공자라는 것이 믿어지지 않아서였다.

사실 황금빛 폭죽이 터졌을 때 이와 비슷한 일이 일어나리라는 것을 알고 있었다.

금선이 터뜨린 그 황금빛 폭죽은 누군가에게 보내는 신호가 분명했으니까.

하지만 동창이 나설 줄은 제갈공민도 몰랐었다.

제갈공민은 최대한 천천히 걸어갔다.

이것은 상대를 살피기 위함이었다.

동창과 현재 무림세가의 힘을 저울질해 보았다.

무림세가와 동창이 여기서 맞붙는다면?

제갈공민은 오십여 명이 넘는 동창의 무사들을 바라봤다.

모두 내시일지는 몰라도 저들 중 반 이상이 초절정의 고수였다.

그 정도로 정예를 모아 왔다는 것은 목적이 있다는 뜻이었다.

무림세가 하나 정도는 하루아침에 박살 낼 수 있는 세력이었다.

하지만 여기 있는 무림세가의 집단과 맞선다면?

아마도 일 합도 맞서기 힘들 것이었다.

그만큼 여기 모인 무림세가 고수들은 무림을 대표하는 인물이었다.

그런데도 동창이 무서운 이유는 무엇일까?

그것은 그들이 가진 정치적인 힘이다.

그렇다면 그 정치적인 힘은 과연 어디에서 나올까?

바로 정보였다.

상대는 무림세가의 세력에 대해 속속들이 조사하고 왔을 것이었다.

어떤 가문이 암시장에서 황실이 금지한 물품을 얼마큼 구매했는지?

어떤 가문이 그 지방의 현령에게 얼만큼의 뇌물을 먹이고 얼만큼의 이득을 취했는지?

털어서 먼지 안 나오는 가문은 없으니까.

동창이 옭아매려고 마음만 먹는다면 없던 죄도 만들어서 황제에게 보고할 수 있을 것이다.

그때부터는 무력의 싸움이 아닌 정치적인 싸움을 해야 한다.

제갈공민은 눈을 가늘게 뜨고 동창의 제독을 바라봤다.

눈앞에 있는 동창 제독의 이름은 서창휘.

오래전 한 번 인사를 나눴던 사이였다.

예순은 족히 넘어 보이는 외모였지만, 허리가 꼿꼿한 것이 마치 대쪽 같은 학자의 풍모가 풍겼다.

거기에 눈매는 잘 벼린 칼을 연상시킬 정도로 날카로웠다. 눈매에서부터 내려오던 날카로움은 턱선을 지나 목으로 내려왔다.

그는 얼굴 전체에서 예기를 뿜어내고 있었다.

내공도 느껴지지 않는데 저렇게 절대적인 기세를 뿜어내고 있다는 것은 그가 헤쳐 온 난관이 그리 만만하지 않음을 말해 주고 있었다.

제갈공민은 그에게 한 발짝 다가섰다.

산전수전 다 겪으며 이 바닥에서 살아남은 것은 제갈공민도 마찬가지였다.

제갈공민은 그에게 가볍게 포권했다.

"서 제독을 뵙습니다."

그는 처음 보는 사람처럼 인사를 건넸다.

이것은 당연한 행동이었다.

적은 무림세가의 자제들로 위장하고 침투하려 했다.

아무리 동창의 제독이지만, 그가 진짜라는 보장은 없었다.

더욱이 그는 금선이 내민 도움의 손길을 보고 달려온 것이 아니던가.

정확히는 불꽃 신호를 볼 수 있는 곳에서 미리 대기하고 있었다고 봐야 했다.

그런 자를 믿을 수 있을까?

지금은 돌다리도 두들기면서 건너야 할 때였다.

포권한 제갈공민은 그의 눈치를 살폈다.

그때 서창휘가 고개를 끄덕인다.

"제갈 군사이시군. 오랜만에 뵙소."

"저를 기억하시는군요."

"나이가 먹어도 제갈 군사 같은 분을 기억 못 한다면 일에서 물러나는 것이 맞지 않겠소이까. 섬서에서 뵈었을 때와 하나도 변하지 않았습니다. ······내가 실수를 했구려."

"실수라니, 그게 무슨 말씀입니까?"

"무인에게 예전과 똑같다는 이야기는 실례가 아니겠소."

서창휘의 각진 턱이 보기 좋게 휘어졌다.

누가 이 대화를 지켜본다면 오랜 친우와의 만남으로 오해할 정도로 분위기는 화기애애했다.

제갈공민은 재빨리 분위기를 살폈다.

한빈이 부탁한 것은 서창휘와의 협상이 아니었다.

한빈은 협상을 할 사람은 따로 있으니 최대한 시간을 끌어 달라고 했다.

제갈공민은 이 부분에서 의문이 남았다.

이 자리에서 동창 제독 서창휘와 협상할 수 있는 적임자가 있다면 과연 누굴까?

무림세가의 대표들에게 묻는다면 백이면 백 모두 자신을 지목할 것이었다.

제갈공민은 정파를 대표하는 인물이었다.

동시에 그의 가문은 중앙 정계에 한 발 걸치고 있었다.

제법 많은 인원이 관료로 진출해 있는 상황.

관과의 인연이 이상할 것은 없었다.

그것은 선조인 제갈공명에서부터 시작된 인연이니까.

그런 자신에게 시간만 끌어 달라?

제갈공민은 이해가 되지 않았다.

고민도 잠시, 제갈공민은 환하게 웃었다.

"신경 써 주셔서 감사합니다. 그런데, 누추한 곳에는 무슨 일로…….."

"하하. 누추하다니, 그게 무슨 말이오. 천하제일의 무인들이 모인 자리를 어찌 누추하다 하겠소."

"서 제독이 직접 왕림하시기에는 누추한 자리지요."

서창휘는 눈을 가늘게 떴다.

그러고는 마치 제갈공민이 원하는 것이 무엇인지 안다는 듯 미소를 지었다.

"미안하지만 본론을 꺼내야겠소."

"본론을 꺼내기 전에 차 한 잔 정도는 대접할 시간을 주시지요."

"그 차는 임무가 끝나면 마시겠소."

"이렇게 왕림하신 것이 동창의 임무 때문이었군요."

"관무불가침이라는 말이 아직 유효하거늘, 내 어찌 사사로이 무림의 행사에 놀러 올 수 있단 말이요."

서창휘가 씩 웃었다.

자신이 여기에 온 것은 관무불가침이라는 지침에서 벗어나지 않는다는 것을 선포한 것이다.

"동창이 무림세가에 병사를 끌고 온 것은 엄연한 관무불가침 위반이 아닙니까?"

"평상시라면 그렇겠다 할 수 있소. 하지만 지금은 예외요."

"예외라니요? 여쭤봐도 되겠습니까?"

"황실에서 한 달 뒤면 큰 행사가 있소."

"저도 그 행사는 알고 있습니다. 하지만 그 행사와 여기에 오신 이유가 어떤 연관이 있는지는 알 수가 없군요."

"행사를 준비하다 보면 강남에서부터 올려야 할 물품이 산더미라오."

"혹시 필요한 물품이 있다면 저희가 발 벗고 도와드리지요."

"물품은 됐고, 금와 상단의 상단주를 데려가야겠소."

"흠."

"그는 황실 행사에 도움을 주던 자요. 이것은 나라를 위해서니 내주시오."

"그자는 무림세가를 해치려던 자입니다. 관무불가침의 지시는 황제 폐하께서 공표한 지침입니다. 무림에서 죄를 지은 자인 만큼 내어 드릴 수는 없습니다."

제갈공민은 단호하게 말했다.

이렇게 말했으니 아마도 저들은 무력을 동원할 것이다.

그렇게 되면 금선을 내어 주든가 아니면 동창을 막아서든가 둘 중의 하나를 택해야 한다.

그 과정에서 유혈 사태가 일어난다면 그 책임은 오로지 무림세가의 몫이고 말이다.

제갈공민은 서창휘의 입이 열리기를 기다렸다.

하지만 서창휘는 묘한 미소를 짓고 있었다.

저 미소의 정체는 무엇일까?

그때 서창휘의 뒤로 젊은 내시 둘이 기다란 상자를 들고 걸어왔다.

내시 둘은 서창휘의 앞에 멈춰 섰다.

옆을 힐끔 확인한 서창휘가 그제야 입을 열었다.

"뭐, 그렇게 하시오. 못 내주겠다고 한다면 동창이 어찌하겠소. 황실의 행사를 막은 것은 나중에 논하도록 합시다."

"……."

제갈공민은 말없이 서창휘를 바라봤다.

그의 얼굴에는 아직도 변화가 없었다.

금선의 신호를 받고 왔으면서 이렇게 물러난다는 것이 말이 안 되었다.

나중에 죄를 논하겠다고 했지만, 서창휘의 목적이 어찌 무림세가를 벌하는 데 있겠는가?

그의 목적은 금선을 살리는 일이었다.

그런데 이렇게 쉽게 물러난다고?

제갈공민의 눈썹이 미세하게 떨렸다.

그 모습을 보던 서창휘가 처음으로 미소를 지었다.

그 미소의 끝에 서창휘의 입이 천천히 열렸다.

"내 하나만 부탁하리다."

"……말씀하시지요."

제갈공민이 긴장한 듯 마른침을 삼켰다.

그는 지금이 마지막 승부처라는 것을 본능적으로 느끼고 있었다.

순간 서창휘의 미소가 더욱 진해졌다.

남성인지 여성인지 모를 내시 특유의 미소가 그의 입가에 피어올랐다.

"상단주가 강남 동창에 맡긴 물건이 있어 그것만 전해 주고 가리다."

"흠."

제갈공민이 헛기침하며 내시가 들고 있는 물건을 바라봤다.

그 모습에 서창휘가 말을 이었다.

"그것도 안 되겠소? 그 물건이 제갈 군사에게 필요한 물건일 수도 있지 않겠소?"

"그러시지요."

제갈공민은 고개를 끄덕였다.

불가항력이었다.

이것까지 막는다면 동창과 한바탕 싸우겠다는 선전포고를 하는 것과 마찬가지였다.

제갈공민의 허락에 서창휘가 두 명의 내시에게 턱짓한다.

"너희는 그 물건을 상단주에게 전해 주어라."

"명 받들겠습니다."

"존명."

두 명의 내시는 그 상자를 들고 천천히 금선에게 향했다.

동시에 무림세가 사람들은 양쪽으로 갈라졌다.

이것은 당연한 현상이었다.

무림세가 사람들은 금선에게 폭약이 심어진 기관 장치로 호되게 당한 후였다.

저 상자가 폭약이라면?

그 가정이 그들의 신체를 지배한 것이다.

다만 무림세가의 대표와 고수들은 금선의 옆에 남아 감시

하고 있었다.

드디어 상자가 금선의 앞에 놓였다.

내시들은 그 앞에서 금선이 상자를 열기 기다렸다.

금선은 상자를 천천히 열었다.

멀리서 그 광경을 바라보던 제갈공민의 눈이 커졌다.

금선의 입꼬리가 살짝 올라가는 것을 보았기 때문이다.

혹시?

순간 제갈공민이 외쳤다.

"피해!"

그 외침에 주변에서 금선을 감시하던 고수들이 재빨리 자리를 벗어났다.

멀리 떨어져서 그 광경을 지켜보고 있던 무림세가 사람들은 황급히 고개를 숙였다.

제갈공민은 고개를 갸웃했다.

지금 피하라고 한 것은 저 상자 안에 무림세가 사람들과 동귀어진할 만큼의 진천뢰가 담겨 있다고 생각해서였다.

하지만 아무 일도 일어나지 않았다.

금선을 바라보던 제갈공민의 눈에 한계까지 커졌다.

금선은 양손으로 황금빛 비단에 싸인 물건을 들고 있었다.

그 물건은 분명히 검이었다.

황금빛 비단을 수놓은 것은 황실을 나타내는 금룡이고 말이다.

순간 금선이 무릎을 꿇었다.

그러고는 황금빛 비단을 벗겨 냈다.

그곳에서는 황금빛 비단보다 더 찬란히 빛나는 검이 모습을 드러냈다.

그 검을 본 누군가가 말했다.

"상방보검이다."

"헉, 상방보검?"

"저게 왜 여기에……."

모두는 떨리는 목소리로 금선이 들고 있는 상방보검을 바라봤다.

모두가 웅성거릴 때, 금선이 무릎을 꿇은 채 천천히 앞으로 나아갔다.

그가 향한 곳은 물론 동창의 제독인 서창휘가 있는 쪽이었다.

하지만 그는 얼마 가지 않아 멈췄다.

몇 발짝 움직이지 않았는데도 그는 숨을 몰아쉬었다.

"헉헉."

고요한 비무대 주변으로 그의 숨소리가 울린다.

그 숨소리는 맹수의 손아귀에서 벗어나기 위해 모든 힘을 다 쏟은 토끼의 울음소리와도 같았다.

무림세가 사람들은 잠시였지만, 동창 제독인 서창휘가 이 자리에 있다는 것도 잊었다.

오르지 금선과 상방보검에 온 신경을 쏟을 뿐이었다.

그는 고개를 들어 멀리 있는 서창휘를 바라봤다.

그러고는 상방보검을 앞으로 내리며 말했다.

"이 상방보검을 폐하께 바치니……."

순간 멀리 있던 동창 제독 서창휘가 한쪽 무릎을 꿇었다.

"폐하의 명이라 생각하고 받들겠소이다."

순간 무림세가의 사람들이 멍해졌다.

제갈공민도 씁쓸하게 입맛을 다셨다.

상방보검을 내민 순간 금선을 잡아 둘 명분은 없어졌다.

상방보검은 충신이나 개국공신에게 내린 황제의 약속.

황제 혹은 나라는 그 약속을 지킬 의무가 있다.

그 약속을 지키고 나면 상방보검은 다시 황실로 돌아간다.

금선은 지금 서창휘에게 부탁하는 것이 아니었다.

황제, 즉 나라에 부탁하고 있는 것이었다.

만약 여기에서 그를 막는다면?

그것은 반역에 준하는 행동이었다.

중원에 남아 있는 상방보검의 숫자는 과연 몇 개나 될까?

그리 많지 않을 것이다.

상방보검을 마지막으로 내린 것이 오십여 년 전이니까.

대부분의 상방보검이 회수되었다고 생각할 수 있었다.

그렇게 가정했을 때 금선이 가지고 있는 상방보검은 그 가
치를 헤아릴 수 없었다.

제갈공민은 조용히 한빈을 바라봤다.

아무리 천 리 앞을 내다보는 팽가의 사 공자라지만, 이번 만큼은 방법이 없었다.

시간을 끌기 전에 금선의 목을 베는 것이 옳은 선택이었다.

이것이 제갈공민의 결론이었다.

갑자기 정적에 빠진 비무대 주변.

금선이 다시 말을 이었다.

"나를 여기서 데려가시오."

그의 말에 무림세가 사람들의 시선이 모두 한곳을 바라봤다.

물론 그곳에는 서창휘와 동창의 무사들이 있었다.

동창 제독 서창휘는 몸을 돌렸다.

그가 향한 곳은 북경이었다.

그는 북경 쪽으로 무릎을 꿇었다.

"황제 폐하의 명을 받들어 지시를 이행하겠나이다."

난데없는 상황에 주변은 즉시 소란스러워졌다.

병장기를 잡은 무림세가 사람들의 손등에 힘줄이 꿈틀거린다.

그만큼 그들은 분노하고 있었다.

그때 당무천이 한 발 앞으로 나섰다.

그 기세가 얼마나 흉흉한지 멀리 있던 동창의 무사들이 한 발짝 뒤로 물러났다.

당무천이 다시 몇 발짝 동창의 무사들에게 걸어간다.

멀리 떨어져 있지만, 동창의 무사들은 당무천의 걸음만큼 뒤쪽으로 물러났다.

동창 제독 서창휘와 그의 호위 무사 둘만이 그 자리를 지키고 있었다.

서창휘의 호위 무사 둘이 검집을 잡았다.

언제든 검을 뽑겠다는 모습은 이 싸움을 마다하지 않겠다는 그들의 의지였다.

한마디로 일촉즉발의 상황.

누군가가 팽팽하게 당긴 시위를 놓는다면 이곳은 아수라 장으로 변할 것이다.

물론 결과는 불 보듯 훤하다.

쓰러지는 자는 동창이 될 터였다.

하지만 무림세가는 몇 배의 대가를 치를 것이 뻔했다.

그때, 당무천이 앞으로 나섰다. 그러자 무림세가의 고수들은 병장기에서 손을 뗐다.

그들은 도리어 당무천을 걱정스러운 눈빛으로 바라봤다.

당무천이 나서자 오히려 현재 상황에 대해서 객관적으로 판단하게 된 것이다.

누군가가 낮은 목소리로 외쳤다.

"당무천 어르신!"

"강호를 위해서 참으시지요!"

다른 이도 뒤따라 외쳤다.

하지만 당무천은 기세를 피워 내며 제갈공민이 있는 곳까지 걸어갔다.

이제 서창휘와 남은 거리는 열 걸음.

무림세가의 고수들은 마른침을 삼키며 상황을 지켜봤다.

서창휘도 자신에게 다가오는 당무천을 경계하며 눈을 가늘게 떴다.

그때 당무천이 기세를 거두었다.

동시에 서창휘의 옆에 있던 무사들이 헛숨을 토해 냈다.

"헉."

그 모습에 당무천이 말했다.

"좋은 호위를 두셨구려. 저런 고수가 있다니, 역시 동창의 힘은 허명이 아니었소이다."

당무천은 시선을 돌려 서창휘의 옆에서 버티고 있는 두 명의 호위를 바라봤다.

서창휘의 옆에 있는 호위의 이마에는 땀방울이 맺혀 있었다.

과연 어떻게 된 일일까?

서창휘의 옆에 있는 호위들은 이제까지 기막을 펼쳐 당무천의 기세를 흘려보내고 있었다.

하지만 정작 자신들은 당무천의 기세를 그대로 받아 내야

했기에 지금 한계에 이른 것이다.

당무천이 그들을 높이 평가하는 것은 그들이 자신의 몸을 바쳐 주인을 호위하고 있기 때문이었다.

서창휘는 조용히 고개를 끄덕이다가 말을 이었다.

"칭찬은 감사하오만, 지금 내게 온 것은 황명을 막기 위함이오?"

"사천당가의 가주로서 밝히겠소이다."

당무천의 목소리에는 내공이 담겨 있었다.

서창휘의 바로 앞에서 이렇게 목소리에 내공을 담는다는 것은 모두가 들으라는 뜻이었다.

"……."

서창휘는 아무 말 없이 고개를 끄덕였다.

계속 말해 보라는 뜻이었다.

태연한 서창휘의 모습에 당무천은 희미한 미소를 지었다.

그 미소가 사라지려 할 때, 당무천이 입을 열었다.

"당연히 황명에 따르겠소이다. 저자의 뜻대로 하시오."

당무천은 금선을 가리켰다.

뜻밖의 모습에 무림세가의 고수들이 여기저기서 헛숨을 토해 냈다.

"휴."

"할 수 없지."

모두는 고개를 끄덕이면서도 쓸쓸한 미소는 잊지 않았다.

주변의 반응을 살피던 당무천의 시선이 마지막에 멈춘 곳은 바로 한빈 쪽이었다.

한빈은 당무천을 바라보며 웃고 있었다.

당무천도 마주 웃었다.

마치 이제는 네 마음대로 해 보라는 할아버지의 미소였다.

겉보기에는 인자한 미소였지만, 사실 당무천의 마음은 그리 편하지 않았다.

아무리 생각해도 이것은 외통수였다.

하지만 금선을 잡아 둘 수도 없는 법이 아니던가?

서창휘는 당무천과 한빈을 번갈아 보고 있었다.

한빈의 미소를 본 서창휘의 눈썹이 살짝 꿈틀했다.

그것도 잠시, 서창휘가 작게 한숨을 내쉬었다.

"흠."

"왜 그러시오? 표정을 보니 많이 아쉬운 것 같구려."

질문을 던진 당무천이 서창휘를 바라봤다.

분명히 아쉬워하고 있었다.

순간 당무천은 등골이 오싹해졌다.

공독지체까지 얻어서 세상에 두려울 것이 없던 그였다.

하지만 방금 서창휘의 한숨에 두려움이라는 본능이 발동한 것이다.

서창휘는 무림세가의 심기를 건드려 검을 뽑게 만들려고 했음이 분명했다.

그 뒤에 이어질 것은 뻔했다.

무림세가의 말살지계.

그것이 마지막 종착지가 될 뻔했다.

그때 표정을 재빨리 바꾼 서창휘가 답했다.

"아니오, 아쉽긴 뭐가 아쉽겠소. 우리는 나라를 위해 일할
뿐이오."

고개를 저은 서창휘는 그의 호위에게 말했다.

"너희는 가서 상단주를 모셔 오거라."

"명 받들겠습니다."

"존명."

두 명의 호위는 금선이 있는 쪽으로 달려갔다.

그들 중 한 명이 먼저 금선의 옆에 자리한 내시들과 함께
그를 부축했다.

다른 한 명은 상방보검을 조심스럽게 받아 들었다.

금선이 자리에서 일어나 서창휘 쪽을 걸어오려 할 때였다.

서창휘와 당무천 사이에 붉은 신형이 나타났다.

사사삭.

풀잎 밟는 소리와 함께 나타난 신형의 주인은 한빈이었다.

한빈의 등장에 서창휘와 당무천은 동시에 고개를 갸웃했
다.

한빈의 등장 덕분에 서창휘를 향해 다가오던 금선도 걸음
을 멈췄다.

상방보검을 들고 오던 호위만이 재빨리 서창휘의 곁으로 돌아와 한빈을 막아섰다.

호위는 의심 가득한 눈빛으로 한빈을 쏘아봤다.

한빈은 그의 행동에 아랑곳하지 않고 조용히 서창휘에게 포권했다.

"서 대인, 안녕하십니까? 무림 말학으로서 이 자리에 끼어드는 것이 부담스럽지만, 한 가지 여쭙고 싶은 것이 있어 이렇게 나서게 되었습니다."

"흠……."

서창휘는 수염을 쓰다듬으며 한빈을 바라봤다.

그때 당무천이 나섰다.

"이 아이는 제 오른팔과도 같은 존재요. 그러니 한번 말을 들어 보시오."

당무천의 말에 서창휘가 고개를 끄덕였다.

"말해 보아라."

"다름이 아니라, 상방보검은 회수된 것입니까?"

"그렇다."

"그렇다면, 이제 저자는 더는 나라에 청을 할 수 없지요?"

한빈의 질문은 이상했다.

너무도 당연한 것을 물어보는 것이다.

한빈의 질문은 마치 서창휘에게 약속을 받아 내려는 것 같은 느낌마저 들었다.

서창휘는 아무렇지도 않게 답했다.

"그것도 맞다."

"그럼 하나만 더 여쭙겠습니다. 상방보검이 있다면 누구나 대인께 청을 할 수 있습니까?"

"맞다. 신하 된 도리로 상방보검을 가진 자의 청은 들어줘야 한다."

"그렇다면, 청을 드릴 자를 모셔도 되겠습니까?"

"……."

한빈의 말에 서창휘는 아무 말 없이 고개를 갸웃했다.

반대편에 있는 당무천도 고개를 갸웃했다.

한빈의 말은 수수께끼와도 같았다.

그 말을 그대로 받아들인다면, 한빈이 상방보검을 가진 자를 데려온다는 것이었다.

하지만 이곳에 그런 자는 없었다.

모두가 난감한 표정으로 한빈을 바라보고 있을 때였다.

당무천이 눈을 가늘게 뜨며 사천당가의 정문이 있는 쪽을 바라봤다.

당무천의 모습에 모두가 고개를 돌렸다.

하지만 그곳에는 중간중간에 꽂아 넣은 횃불만이 일렁이고 있을 뿐이었다.

모두가 고개를 갸웃하고 있을 때였다.

제갈공민이 당무천에게 물었다.

"왜 그러십니까?"

"누군가 이쪽으로 오는 것 같군."

"그게 무슨 말씀……."

제갈공민은 말을 잇지 못했다.

그의 귓가에도 마차 소리가 들렸기 때문이다.

드르륵.

드르륵.

어찌 보면 동창의 행렬보다도 소란스러웠다.

제갈공민은 마른침을 삼키며 당무천에게 물었다.

"대체 어떻게 된 일입니까? 저들은 누구입니까?"

제갈공민의 미간은 종이 한 장 들어갈 틈도 없이 좁아졌
다.

동창이 와 있는 상태에서 또 다른 누군가가 다가오고 있다
는 것은 이 판이 그만큼 혼란스러워진다는 것이었다.

금선을 서창휘에게 내주기로 한 상태에서 또 다른 불청객
이 온다라? 이는 무림세가에 흉이 될 가능성이 더 컸다.

그때 제갈공민은 한빈의 말을 떠올렸다.

한빈은 방금 청을 할 사람을 부른다고 했었다.

제갈공민은 한빈을 바라봤다.

한빈은 아무렇지도 않게 팔짱을 끼고 있었다.

자세히 보니 입꼬리가 살짝 올라간 것도 같았다.

제갈공민은 멀리서 오는 불청객이 아군임을 확신했다.

옆에 있던 당무천도 슬쩍 입꼬리를 올리고 있었다.

한빈의 표정을 읽은 것이다.

그때 한빈이 말했다.

"제가 말한 분들이 저들입니다."

"대체 저들이 누구인가? 팽 공자."

제갈공민이 고개를 갸웃하며 물었다.

한빈은 멀리서 다가오는 마차의 위쪽을 가리켰다.

위쪽에는 깃발이 하나가 있었다.

펄럭이는 깃발이 횃불에 얼핏 비치자 제갈공민이 눈을 크게 떴다.

"저건……."

"신창양가의 마차군."

당무천이 낮은 목소리로 말을 받았다.

그 마차는 한빈이 근처까지 타고 왔던 신창양가의 마차로, 신창양가의 깃발을 달고 다가오고 있었다.

마치 자신이 왔다는 것을 천하에 알리듯 말이다.

드르륵.

드르륵.

마차 소리가 커지자 무림세가의 사람들도 눈을 가늘게 뜨고 뒤를 돌아봤다.

그곳에서는 꽤 많은 무사가 마차를 호위하고 다가오고 있었다.

그들은 자신도 모르게 병장기를 움켜쥐었다.

뒤쪽에 있던 그들은 아직 상대가 신창양가라는 것을 모르고 있었다.

다만 반사적으로 병장기를 움켜잡은 것이다.

스릉.

그들의 병장기가 반쯤 뽑혀 나왔을 때 그들도 상대의 깃발을 알아챘다.

"신창양가다."

"헉, 신창양가가 여기에는 왜?"

"그러게? 무가지회에 온 적이 없는 가문이잖아."

"대체……."

그들이 놀란 눈으로 신창양가의 깃발을 바라보고 있을 때, 한빈이 천천히 그들 쪽으로 걸어갔다.

계가 (1)

한빈이 움직이자 서창휘를 호위하던 무사는 검을 빼 들었다.

"더 이상 접근하면……."

그 무사는 말을 잇지 못했다.

그의 말이 끝나기도 전에 한빈이 그와 서창휘를 지나쳤기 때문이었다.

휙.

무사는 입을 벌렸다.

그는 한빈의 움직임을 볼 수 없었다.

그저 바람 한 줄기만이 지나갔다는·느낌 이외에는 기척도 느낄 수 없었다.

서창휘를 지키던 호위 무사의 손이 살짝 떨렸다.

하지만 검 끝은 살짝이 아니었다.

누가 봐도 호위 무사의 검은 눈에 띄게 흔들렸다.

그 모습을 바라보고 있던 제갈공민은 눈을 가늘게 떴다.

호위 무사가 떠는 상황에서도 팔짱을 풀지 않고 있는 서창휘의 대담함에 놀랐기 때문이었다.

여러 감정이 담긴 시선이 복잡하게 얽혔다.

그들의 시선을 뒤로하고 한빈은 아무렇지 않게 신창양가의 행렬 앞에 섰다.

동시에 신창양가의 행렬도 멈췄다.

그 모습에 무림세가 고수들은 마른침을 삼켰다.

긴장한 것은 금선도 마찬가지였다.

난데없이 신창양가가 나타난 것은 그의 계산에 없었다.

동창 제독 서창휘도 신창양가의 출현이 흥미롭다는 듯 턱을 어루만졌다.

모든 시선이 한빈에게 몰린 상황.

신창양가의 가장 앞에 선 무사가 한빈을 향해 한 걸음 나왔다.

"잘 지내셨는지요, 팽 공자."

그는 한빈을 오랜 친구처럼 대했다.

물론 그 무사는 신창양가의 무사 양예신이었다.

한빈도 마주 포권하며 예를 취했다.

"헤어진 지 얼마나 됐다고 안부를 물으십니까?"

"그래도 많은 일이 있지 않았습니까?"

"많은 일이라……."

"모두 보고 있었습니다."

"안부 인사는 됐고, 일단 상방보검부터 꺼내 보시죠."

"네?"

"급하니 빨리 꺼내 보시죠."

한빈은 상방보검을 맡겨 놓기라도 한 것처럼 태연하게 재촉했다.

"일단 드리기는 하겠지만……."

말끝을 흐린 양예신이 등에서 천에 싸인 검 한 자루를 내밀었다.

하지만 한빈은 검을 받지 않았다.

그 모습에 양예신이 의아해했다.

"달라는 이야기가 아닙니다."

"그게 무슨 말씀인지요?"

"일단 이걸 받으시죠."

한빈은 쪽지 한 장을 내밀었다.

양예신은 고개를 갸웃하며 그 쪽지를 받았다.

한 손에는 상방보검을, 다른 한 손에는 쪽지를 든 양예신은 한빈을 바라봤다.

그 시선을 받은 한빈이 턱짓했다.

쪽지를 펼쳐 보라는 뜻이었다.

양예신은 눈을 가늘게 떴다.

상방보검보다 쪽지가 더 무겁게 느껴지는 것은 왜일까?

양예신은 쪽지를 폈다.

쪽지를 본 양예신의 눈이 커졌다.

"흠."

헛기침하는 양예신에게 한빈은 눈을 찡긋했다.

"잘 부탁드립니다."

"한 가지만 물어봐도 되겠습니까? 팽 공자."

"물론이지요."

"상방보검으로 직접 저들을 막으면 될 게 아닙니까? 이 상방보검은 팽 공자에게 언제든 내어 드릴 수 있습니다. 그런데 왜 직접 나서지 않으십니까?"

"신창양가는 동창의 천적이 아닙니까?"

"천적이라……."

"이 상방보검은 어떤 가문이 쥐든 동창의 미움을 받게 될 겁니다."

"그럼 신창양가는 상관없다는 얘기입니까?"

"신창양가는 동창과 원래 사이가 안 좋지 않았습니까? 지금도 마찬가지고요. 그리고 동창이 어찌 신창양가를 건드릴 수 있겠습니까?"

한빈은 활짝 웃었다.

이것은 사실이었다.

신창양가는 황궁의 세력에 있어 천적이었다.

신창양가는 개국공신이자 구국 공신이었다.

나라가 위태로울 때마다 신창양가는 목숨을 아끼지 않고 앞에 나섰다.

황제와 나라는 이 충신 가문에 진 빚이 많았다.

하지만 그 충신은 나라에 대가를 요구한 적이 없었다.

상을 내리려고 해도 그들은 나라가 위기에서 벗어나면 자리에서 조용히 물러났다.

신창양가는 진정한 충신 가문이었다.

그게 바로 신창양가를 보는 세인들이 시선이었다.

양예신은 한빈에게 이용당하는 것 같으면서도 기분이 좋았다.

신창양가가 나설 일이라 생각했기 때문이다.

어찌 보면 강호 역사에 있어 영웅이 될 기회를 신창양가에 넘긴 것이다.

아마 다른 자라면 이런 기회를 양보하지 않았을 것이다.

철저한 계산에서 나온 행동이라는 것을 양예신은 알고 있었다.

양예신은 한빈을 향해 고개를 끄덕였다.

"그럼 신창양가가 팽 공자에게 진 빚은 이걸로 갚는 것으로 하겠습니다."

"그러시지요."

한빈이 사람 좋은 얼굴로 웃었다.

부담스러운 황궁 세력과의 협상을 이렇게 맡겼으니 손해 보는 장사는 아니었다.

양예신의 입가에 미소가 맺혔다.

생각보다 빚을 금방 털어 내는 것 같아서 마음이 홀가분했던 것이다.

그때 한빈이 작게 고개를 숙였다.

"그럼 저는 급한 일이 있어서……."

"급한 일이라니, 그게 무슨 말씀입니까?"

양예신의 눈이 커졌다.

쪽지에 부탁할 내용만 적어 놓고 모든 일을 자신에게 맡기겠다는 것이다.

최소한 일이 잘 진행되는지 확인해야 하는 것이 상황에 맞았다.

지금 이 일보다 급한 일이 어디 있다는 말인가?

금선이 여기서 나간다면 강호가 휘청일지도 모르는 일이었다.

그런데도 자리를 뜨려 하다니, 그보다 더 큰일이라는 말이었다.

양예신의 심각한 표정에, 한빈이 손을 저었다.

"개인적인 일이니 신경 안 쓰셔도 됩니다."

한빈은 바로 돌아서서 도열해 있는 신창양가 무사들 사이를 가로질렀다.

양예신은 호기심 가득한 눈으로 한빈을 바라봤다.

한빈이 급하다는 일이 뭔지 궁금했던 것이다.

그는 쪽지와 한빈을 번갈아 보며 고개를 갸웃했다.

아무리 생각해도 쪽지의 내용보다 급한 일은 없어 보였다.

양예신은 잠시 한빈을 지켜보기로 했다.

한빈이 부탁한 일은 잠시 미뤄도 되니 말이다.

멀리서 이 광경을 지켜보던 무림세가 사람들은 고개를 갸웃했다.

그들의 대화를 들을 수는 없었지만, 한빈과 양예신의 태도는 동창 제독인 서창휘를 무시하는 행동이었다.

아니나 다를까.

서창휘와 그의 수하들이 눈썹을 꿈틀댔다.

한빈은 아무렇지도 않게 천천히 마차로 걸어갔다.

그에 맞춰 마차에서 누군가가 내려왔다.

그는 영아의 아비인 무진이었다.

무진은 한빈에게 달려와 포권했다.

"팽 공자님, 오셨습니까?"

무인은 아니지만, 한빈이 무인이기에 자신이 취할 수 있는 최대한 예의를 갖추려 한 것이다.

그 모습에 한빈이 손을 내저었다.

"그리 예를 차리실 필요는 없습니다."

"예라니요? 공자님이 베풀어 주신……."

"인사는 나중에 하고, 영아의 상태는 어떻습니까?"

"이제 멀쩡합니다. 이게 다 공자님 덕분입니다."

무진이 다시 고개를 숙였다.

한빈은 그 모습에 작게 웃었다.

"다행입니다."

그때 마차의 문이 열렸다.

덜컹.

마차의 문이 열리고 장자명과 함께 영아가 걸어왔다.

한빈을 본 영아가 재빨리 달려오다 멈췄다.

그러고는 자신이 꼭 끌어안은 검을 바라봤다.

그 검은 한빈이 맡긴 용린검이었다.

영아는 용린검을 힐끔 보더니 조심스럽게 걸어왔다.

한빈의 앞에 선 영아가 말했다.

"공자님."

"안색을 보니 너를 괴롭혔던 병은 다 나은 것 같구나."

"네, 이제는 멀쩡해요. 그런데 이 검이……."

영아가 말끝을 흐리며 용린검을 가리켰다.

그 모습에 한빈이 물었다.

"무슨 일이지?"

"자꾸 이 검이 울어요."

"마치 검이 사람이라도 되는 것처럼 말하는구나."

"그게 아니라 진짜 울어요. 여기요."

영아는 용린검을 내밀었다.

한빈은 눈을 가늘게 뜨고 용린검을 바라봤다.

진짜 용린검이 미세하게 떨리고 있었다.

한빈은 대충 이해가 되었다.

용린검은 영아에게 남아 있던 용린의 기운을 모두 흡수한 것이다.

용린검이 품을 수 있는 용린의 기운에도 한계가 있는 법.

한빈은 자신도 모르게 입가에 미소를 피워 냈다.

금선을 단죄하는 것도 중요하지만, 가장 중요한 것은 용린 검법에 관한 깨달음이었다.

용린검이 영아의 몸에 깃들어 있는 기운을 완벽하게 흡수한 것이 분명했다.

이제는 그 기운을 자신의 것으로 만들면 되었다.

한빈은 검을 받았다.

용린검이 언제 그랬냐는 듯 울림을 멈추었다.

한빈의 웃음이 더욱 진해졌다.

한빈은 용림검을 잡고 조용히 구석을 향해 걸어갔다.

그때 장자명이 다급히 나와서 한빈을 불렀다.

"팽 공자, 어딜 가십니까?"

"비밀입니다."

한빈은 웃으며 손가락을 튕겼다.

딱.

그 소리에 한빈의 주변에 설화와 청화가 나타났다.

한빈은 둘에게 작은 목소리로 말했다.

"호법을 부탁한다."

"네, 공자님."

"믿고 맡기세요."

설화와 청화가 동시에 답했다.

흡족한 듯 고개를 끄덕이던 한빈은 뭔가 생각난 듯 장자명을 바라봤다.

"장 의원님, 뒤에 계신 분들에게 안부 좀 전해 주십시오."

"네, 알겠습니다."

장자명이 한빈에게 살짝 고개를 숙였다.

한빈도 마주 고개를 숙인 뒤 어둠 속으로 사라졌다.

멀리서 그 모습을 바라보던 양예신은 고개를 흔들었다.

의문이 풀리기는커녕 의문이 더욱 쌓였다.

양예신은 고개를 돌려 서창휘가 있는 곳을 바라봤다.

그들은 석상이라도 된 것처럼 이곳을 멍하니 바라보고 있었다.

양예신은 그들의 모습에 당연하다는 듯 고개를 끄덕였다.

아마 동창이라는 집단에 들어온 이후, 이리 무시를 당해 본 적은 없을 터였다.

이제까지는 그들이 말하면 그게 법이었으니.

황제가 만든 법이 모두에게 공평하다는 것은 사서삼경에서나 나오는 이상적인 이야기였다.

법은 해석하기 나름이고 아예 법이 적용되지 않는 집단도 있었으니까.

현재에는 동창이 그랬다.

양예신은 한빈이 준 쪽지의 내용을 다시 한번 되새기며 천천히 발길을 옮겼다.

상방보검을 든 양예신이 점점 서창휘와 가까워졌다.

터벅터벅.

양예신은 사람들의 시선을 모으려는 듯 내공을 실어 걸었다.

자연스레 모두의 시선은 양예신에게 모였다.

서창휘의 앞에 간 양예신은 인사도 없이 황금빛 천에 싸인 검을 내밀었다.

그러고는 검을 감싸고 있는 천을 걷어 냈다.

황금빛 검집이 모습을 드러냈다.

동시에 여기저기서 탄성이 흘러나왔다.

"상방보검이다."

"상방보검이 이렇게 흔한 것인가?"

"아닐세. 상방보검이 어찌 흔하겠나."

"그럼 저걸로 금선을 잡아 놓을 수가 있다는 건가?"

"그렇지! 저걸로 금선을 잡아 놓겠다고 하면 그만이 아닌가?"

"하하, 금선이 자충수에 당했군."

그들의 말에 금선의 표정은 구겨졌다.

강호에 상방보검을 가지고 있는 무림세가가 얼마나 있을까?

백번 양보해서 상방보검을 하사받은 가문이 있더라도 이렇게 가문 밖으로 가져오는 이가 있을까?

양예신이 상방보검을 들고 온 것은 사실 있을 수 없는 일이었다.

이 모든 일을 예상하지 않고서는 말이다.

모두가 마른침을 삼키고 있을 때, 상방보검을 서창휘에게 들이댄 양예신이 말했다.

"상방보검을 사용하겠습니다."

"……."

서창휘는 아무 말 없이 양예신을 바라봤다.

양예신은 그럴 줄 알았다는 듯 말을 이었다.

"상방보검을 사용하기 전에 증인을 좀 부르겠습니다."

"증인이라……."

"네, 증인입니다. 이 일의 중대함 때문입니다."

"마음대로 하시오."

서창휘가 고개를 끄덕이자 양예신은 장자명이 있는 마차 쪽을 바라봤다.

양예신은 목소리에 내공을 담아 외쳤다.

"다들 나오시지요!"

쩌렁쩌렁한 목소리가 어둠을 가르며 울려 퍼졌다.

모두는 고개를 갸웃했다.

양예신이 증인이라 부를 사람이 누군지 감이 안 잡혔기 때문이다.

그때 마차 뒤에서 몇 명의 사내가 천천히 양예신 쪽으로 걸어왔다.

서창휘는 눈을 가늘게 뜨고 그들을 바라봤다.

그의 호위 무사도 그들을 바라보고 눈을 크게 떴다.

보통의 무림 고수가 아니었기 때문이다.

그런데 그중 하나의 보법이 어딘가 익숙했다.

"제독님, 저자는……."

호위 무사가 막 입을 열려 할 때였다.

서창휘가 필요 없다는 듯 손을 들어 수하를 제지했다.

그러고는 양예신을 쏘아봤다.

"증인이라면서 무림인들만 부르면 그게 어찌 공평하다 할 수 있겠는가?"

"무림인만 부른 것은 아닙니다. 자세히 보시지요."

양예신은 걸어오는 사내 중 하나를 가리켰다.

서창휘와 그의 수하들은 눈을 크게 떴다.

사내 중 하나의 옷에서 금빛 허리띠를 보았기 때문이다.

강호에서는 모르겠지만, 황궁에서 황금빛 허리띠를 두르고 다니는 이들은 딱 하나밖에 없었다.

수하 중 하나가 말했다.

"금의위."

그 수하의 눈은 정확했다.

다가온 사내는 서창휘에게 정중하게 포권했다.

"안녕하시오, 서 대인. 오랜만에 뵙겠소이다."

"……."

서창휘는 아무 말 없이 상대를 바라봤다.

그때 호위가 작은 목소리로 서창휘에게 말했다.

"저분은 금의위의 수장인 강유찬 대인이십니다."

수하의 설명에 서창휘는 그제야 고개를 끄덕였다.

"강 대인이셨군. 몰라봐서 죄송하오."

"아닙니다. 원래 세월이 흐르면 기억이란 놈은 사라지는 법이지요."

강유찬은 슬쩍 서창휘를 바라봤다.

그와 만난 것은 딱 한 달 전이었다.

심미호와 이곳으로 오며 잠시 얼굴을 본 적이 있었다.

그런데 자신을 몰라보는 것이 이상했다.

강유찬이 말한 것은 그의 기억력을 비꼬아서 일침을 날린 것이었다.

하지만 서창휘는 표정 하나 바뀌지 않고 말했다.

"이해해 주셔서 고맙소. 그런데 여긴 어쩐 일이오?"

"이곳에서 중대한 일이 있다고 해서 들렀습니다."

"중요한 일이라면, 금와 상단의 상단주에 대한 처분 말입니까?"

"저도 자세한 이야기는 잘 모릅니다. 일단 들어 봐야겠지요."

강유찬은 양예신을 바라봤다.

그때 양예신이 입을 열었다.

"다른 분들도 소개해 드려야 예의겠지요."

말을 마친 양예신은 힐끔 나머지 사람을 바라봤다.

그중 한 명이 한 걸음 앞으로 나왔다.

"저는 무당의 현문이라 하오."

그의 소개는 짧았다.

하지만 현문이라는 두 글자의 파장은 생각보다 컸다.

무림세가의 사람들이 동요하기 시작한 것이다.

"현문이면, 무당 장문인과 같은 배분 아니야?"

"그냥 배분만 같은 게 아니라, 장문인보다도 더 유명하지. 그것도 안 좋은 쪽으로 말이네."

"그런데 왜 저자가 여기에……."

모두는 현문을 바라보며 고개를 갸웃했다.

그만큼 현문의 등장이 의외였다.

"금의위의 수장인 강유찬에, 무당의 현문이라니!"

누군가는 한숨을 내쉬었다.

강호를 헤쳐 온 그들의 본능이 지금 일이 가볍지 않음을 말해 주고 있었다.

어찌 보면 금선을 구해 가려는 동창 제독 서창휘의 등장보다도 의외였다.

사실 현문은 한빈과 함께 사천당가에 잠시 머물렀었다.

하지만 그가 정체를 밝히지 않는 바람에 이제야 세인들이 알게 된 것이었다.

그들이 웅성거리고 있을 때, 다른 이가 앞으로 나왔다.

"저는 개방의 광개라 합니다. 조금 있으면 홍칠개 어르신도 오실 겁니다."

개방까지 등장하자 세인들의 시선이 마지막 사내에게 머물렀다.

마지막 사내가 소개를 하기도 전에 그들은 웅성대기 시작했다.

"저 사람은 매화검협이네."

"헉, 그러고 보니 구파일방 중 셋이 여기에 왔군."

"대체 무슨 일이지? 금선을 빼 가려는 걸 멈추려는 건 아닌 것 같고."

"그러게 말일세."

모두가 웅성대고 있을 때, 서재오가 서창휘를 향해 포권했다.

"저는 화산파의 서재오라고 합니다."

"흠."

서창휘가 작은 침음을 삼켰다.

그것도 잠시, 서창휘는 고개를 돌렸다.

그곳에는 양예신이 있었다.

양예신의 주변에 다른 이들도 합류했다.

조용히 지켜보고 있던 십대세가의 대표들이 어느새 자리한 것이다.

남궁세가의 남궁장천, 황보세가의 황보만청 그리고 산동악가의 악소천 등 십대세가의 대표들이 모두 양예신의 옆에 자리했다.

서창휘는 기분 나쁜 표정으로 양예신을 쏘아봤다.

"지금 뭐 하는 짓이오? 힘으로 동창을 겁박할 요량이라면 잘못 생각했소."

양예신은 재빨리 손을 내저었다.

"아닙니다. 지금부터 제가 할 말은 중요하기에 여러 문파와 금의위가 증인이 돼 주었으면 하는 마음에서 모셨습니다. 만약 이곳에 무림세가만 모여 있다면 제 말을 누가 믿어 주겠습니까?"

"알았으니 말해 보시오."

"저는 상방보검을 걸고 동창과 금의위에 한 가지 부탁을 드릴까 합니다."

"……."

서창휘는 눈을 가늘게 떴고 강유찬은 미리 검을 잡고 있었다.

누가 봐도 이상한 장면이었다.

그때 양예신이 말했다.

"금선과 결탁해서 반역을 꾀하려던 자를 잡아 주시기 바랍니다."

양예신은 상방보검을 두 손으로 잡고 무릎을 꿇었다.

순간 서창휘의 미간이 좁아졌다.

바늘도 안 들어갈 정도로 말이다.

그것은 물론 딱 한 단어 때문이었다.

좌중도 눈을 크게 떴다.

다른 때라면 웅성거리며 의견을 나누겠지만, 지금은 사정이 달랐다.

반역이라는 말이 나온 순간 몸을 움츠리는 것은 어찌 보면 당연한 일이었다.

목숨이 왔다 갔다 하던 것이 바로 두 시진 전이였다.

그런데 날이 밝기도 전에 상황은 계속 이상한 방향으로 흘러가고 있었다.

양예신이 몰아넣으려는 자는 따로 있었지만, 무림세가 사람들은 석상이 된 채 멍하니 상황을 지켜보고 있었다.

모두의 시선이 몰린 상황에서 강유찬은 아무렇지 않게 상 방보검을 향해 한 걸음 나왔다.

그러고는 자신의 애병인 금검을 뽑았다.

스릉.

누군가에게 겨눈 것은 아니었다.

그는 검을 바닥에 찍었다.

탕!

청강석으로 된 바닥과 부딪친 금검이 작은 울음을 토해 냈 다.

그 상태에서 강유찬은 북경이 있는 쪽을 바라봤다.

"황제 폐하의 명을 받들겠습니다."

동창 제독인 서창휘도 똥 씹은 표정으로 마지 못해 예를 취했다.

"폐하의 명을 받들겠습니다."

동시에 둘이 일어났다.

강유찬과 서창휘는 잠시 서로를 바라봤다.

그것도 잠시, 서창휘가 말했다.

"나는 반역도를 찾아내는 일을 하기 전에 먼저 할 일이 있 소."

"그게 무엇입니까?"

"이 상방보검을 금와 상단주에게 다시 돌려주는 일이오."

서창휘는 상방보검을 가리켰다.

그 상방보검은 금선이 준 것이었다.

강유찬이 물었다.

"왜 돌려주려 하십니까?"

"이 상방보검을 돌려주지 않으면 내가 반역도로 몰릴 것이 아니오?"

"왜 그렇게 생각하십니까?"

"반역도가 부탁한 일을 수행하려 했으니 나도 분명 과오가 있소. 그러니 나는 이 상방보검을 저자에게 돌려주고 강 대인과 함께 일을 처리하겠소이다."

서창휘의 말에 모두는 서로를 바라봤다.

서창휘의 말은 황당하기 그지없었다.

금선과 결탁한 자라는 것은 서창휘를 말함이었다.

하지만 서창휘는 자신과는 전혀 관련 없는 것처럼 행동하고 있었다.

양예신은 그런 서창휘를 보고 씁쓸하게 웃었다.

정치라는 것이 철판 서너 개는 깔아야 한다는 조부의 말이 기억났기 때문이다.

양예신이 보기에 서창휘는 철판 서너 개가 아니라 수십 개를 깔고 행동하는 자였다.

하지만 그는 이제 독 안에 든 쥐였다.

양예신은 강유찬에게 고개를 끄덕였다.

신호를 받은 강유찬이 말을 이었다.

"그리하도록 하십시오."

"감사하오."

서창휘는 자신의 호위가 들고 있는 상방보검을 낚아챘다.

그러고는 휘적휘적 금선을 향해 걸어갔다.

상방보검을 들고 오는 서창휘의 모습에, 사람들은 좌우로
갈라졌다.

곧 쓰러질 것같이 지쳐 보이는 서창휘가 무서운 것은 아니
었다.

반역자의 손에 들렸던 상방보검과 가까이하기 싫었던 것
이다.

금선의 앞에 도착한 서창휘는 상방보검을 내밀었다.

금선의 눈썹이 뒤틀렸다.

그 모습을 바라보고 있던 양예신의 고개가 살짝 기울어졌
다.

아무리 생각해도 뭔가 놓치는 기분이 들어서였다.

그때 양예신의 눈이 커졌다.

석연치 않은 점이 지금에서야 떠올랐기 때문이다.

바로 서창휘의 태도였다.

서창휘는 금선이 반역자라고 했을 때 일말의 의심도 내비
치지 않았다.

서창휘 자신이 금선과 연관되어 있다는 것은 이곳에 있는

모든 이가 증인이었다.

이 상황에서 벗어나려면 금선이 반역도라는 증거를 대 보라는 한마디 정도는 해야 했다.

그런데 서창휘는 금선의 반역을 기정사실인 것처럼 인정했다.

하지만 저렇게 병약한 동창 제독 서창휘가 무엇을 할 수 있을까.

서창휘는 항아리에 갇힌 생쥐와도 같았다.

양예신이 의문의 눈빛을 보내고 있을 때였다.

서창휘는 품에서 동전 하나를 꺼냈다.

그러고는 어딘가로 던졌다.

동전이 날아간 곳은 용봉지회의 대진표를 그려 놓은 석판이었다.

날아간 동전은 석판의 모서리에 부딪혔다.

순간 석판에서 불꽃이 튀었다.

하지만 그 불꽃을 유심히 보는 이는 없었다.

동전을 던지고 난 서창휘는 탁탁 손을 털었다.

그에게 미세한 변화가 생겼다.

약간은 굽은 서창휘의 허리가 곧게 펴진 것이다.

그는 허리를 펴고 눈을 빛냈다.

상황을 지켜보던 양예신은 다급하게 외쳤다.

"동창 제독을 막아라!"

그 외침에 반응하는 무림세가 사람들은 없었다.

십대세가의 대표들은 모두 양예신이 있는 곳으로 이동한 상황이었다.

십대세가의 대표들은 재빨리 서창휘에게 달려갔다.

무슨 일인지는 몰라도 양예신의 목소리에서 절박함이 느껴졌기 때문이다.

타다닥.

하지만 비무대의 주변에 있던 무림인들은 고개만 갸웃하며 상황을 지켜볼 뿐이었다.

닭의 모가지조차 비틀 힘도 없어 보이는 동창 제독을 왜 막느냐는 표정이었다.

주변에 있던 무인들이 고개를 갸웃하고 있을 때.

서창휘는 상상도 못 할 기세를 뿜어냈다.

이제까지의 서창휘가 가뭄에 얼마 안 남은 생기만을 보였다면 지금의 그는 바다와도 같았다.

그의 기세는 둑이 터진 것처럼 사방으로 밀려 들어왔다.

그 기세에 무림인들은 주춤거렸다.

가장 놀란 것은 무림인이 아니었다.

금선은 눈을 크게 뜨며 뒷걸음쳤다.

"다, 당신이 어떻게……!"

금선의 외침은 모두가 들을 수 있었다.

순간, 주변의 무림인들은 본능적으로 병장기를 잡았다.

이제 십대세가의 대표들도 금선이 있는 곳에 도착했다.

그들은 서창휘와 금선을 중심에 두고 포위망을 구축했다.

저벅저벅.

포위망을 좁히며 십대세가의 대표들이 조금씩 다가가려 할 때였다.

꾸아앙!

갑자기 폭음이 울렸다.

동시에 폭풍처럼 몰아치는 화기.

십대세가의 대표들은 재빨리 뒤쪽으로 물러났다.

그들을 향해 무수한 돌조각이 날아들었다.

그들은 재빨리 자신의 병장기를 휘둘렀다.

휙, 휙.

순간 암기처럼 날아오던 돌조각들이 힘을 잃고 바닥에 떨어졌다.

타다닥.

제갈공민은 고개를 들고 상황을 살폈다.

조금 멀리 떨어진 곳에서 폭음에 놀란 새들이 다급하게 날아올랐다.

푸드덕.

날아온 방향으로 봐서는 비무대 옆의 석판이 분명했다.

그 석판도 금와 상단이 비치한 물품이었다.

어찌 보면 안일했다는 생각이 들었다.

지금은 한 치 앞도 안 보일 정도로 먼지가 뿌옇게 깔린 상태.

제갈공민이 외쳤다.

"모두 포위망은 그대로 두고 앞을 경계하십시오!"

"알았네."

남궁장천이 말했다.

제갈공민은 조용히 고개를 끄덕였다.

대답은 없었지만, 반대쪽에는 당무천이 기다리고 있었다.

거기에 강유찬과 서재오도 합류한 상황이었다.

제갈공민은 이 포위망을 뚫을 무인은 세상에 없다고 생각했다.

이제 먼지가 걷히기를 기다리면 되었다.

놀라 날아올랐던 새들이 다시 둥지로 돌아왔을 때쯤 서서히 먼지가 걷히기 시작했다.

제갈공민은 천천히 앞으로 나아갔다.

그때였다.

먼지가 깔린 바닥에서 정체불명의 물체가 굴러들어 왔다.

데구루루.

제갈공민은 그것이 석판으로부터 떨어진 파편일 것이라고 생각했다.

파편이 제갈공민의 발끝과 부딪혔다.

탁.

순간 바닥에 깔린 먼지도 걷혔다.

파편을 발로 밀어 내려 하던 제갈공민의 눈이 커졌다.

"헉."

그것은 파편이 아니라 누군가의 머리였다.

화상 자국과 두건을 보면 그건 분명히 금선의 머리가 분명했다.

제갈공민이 외쳤다.

"모두 비무대에서 물러나시오!"

제갈공민의 외침에 모두가 뒤쪽으로 물러났다.

먼지가 생각보다 빨리 가라앉지 않았다.

이렇게 먼지가 가라앉지 않는다는 것은 분명 한 가지 이유밖에 없었다.

그것은 희뿌옇게 끼어 있는 황토색 먼지 속에 가벼운 독이 섞여 있기 때문이었다.

저리 가벼운 독은 산공독의 일종인 소화산(小火酸)밖에 없었다.

소화산은 보통 차 한 잔 마실 시간이면 공중으로 흩어지는 독이었다.

하지만 그것이 먼지와 뭉치게 되면 좀처럼 흩어지지도, 가라앉지도 않는다.

그래서 폭약과 함께 쓰는 독이었다.

지금은 소화산이라는 산공독이 사방에 퍼져 있는 상태.

제갈공민의 판단은 정확했다.

뒤로 후퇴했다가 상황을 살피는 것이 맞았다.

제갈공민의 외침에도 사천당가의 가주인 당무천만은 앞으로 걸어갔다.

저벅저벅.

그 모습에 제갈공민이 재빨리 외쳤다.

"어르신!"

"사천당가에서 독을 쓰다니, 간이 배 밖으로 나온 놈들이군. 군사는 나를 믿게."

당무천은 손을 들어 제갈공민을 안심시켰다.

그러고는 그 손을 그대로 앞으로 내뻗었다.

순간 당무천의 손바닥을 통해 막대한 기운이 흘러나왔다.

파바박.

순간 제갈공민이 외쳤다.

"모두 뒤로 더 물러나시오!"

제갈공민도 뒤로 열 걸음 더 물러났다.

순간 당무천을 중심으로 희뿌옇게 남았던 먼지가 점점 가라앉았다.

당무천이 독 기운으로 먼지 속의 소화산을 녹이고 있던 것이다.

당무천을 제외한 무림세가 고수들은 비무대에서 서른 걸음 정도 떨어진 곳까지 물러 나왔다.

그곳에는 다급하게 달려온 동창의 무사들도 먼지 속을 바라보고 있었다.

서창휘를 구하기 위해 달려가고 싶지만, 상황이 이상하다는 것을 그들도 느끼고 있었기 때문이다.

꾸아앙!

폭발음에 설화가 한숨을 내쉬었다.

"휴."

"끝난 게 아니었어요? 언니."

"끝났다고 생각했는데 끝난 게 아니었어."

"우리도 가 봐야 하지 않을까요?"

청화가 눈을 가늘게 뜨자 설화가 손을 저었다.

"청화야, 우린 공자님을 호위해야지. 가긴 어디를 가?"

"그건 그렇지만……."

"걱정하지 마. 저쪽 인원들 다 합치면 우리 공자님보다 더 강할 거니까."

"그게 아니라……."

"당무천 할아버지가 걱정되는 거야?"

"그것도 아닌데요."

"그럼 왜 그렇게 다급한 표정을 짓고 있는데?"

"공자님이 싸움 구경은 빠지지 말라고 했잖아요. 간접경험이 중요하다고도 했고요."

"묘하게 설득력 있네……."

설화가 고개를 갸웃하다가 말끝을 흐렸다.

그러고는 눈을 가늘게 뜨고 한빈을 바라봤다.

한빈은 지금 가주전의 뒤뜰에서 가부좌를 틀고 있었다.

이유는 간단했다.

가장 안전한 곳에서 용린검법의 깨달음을 흡수하기 위해서였다.

가부좌를 튼 한빈은 양손으로 용린검을 가볍게 잡은 상태로 편안하게 운공을 하고 있었다.

청화가 고개를 갸웃하며 물었다.

"언니, 왜 그래요?"

"저기 공자님을 봐 봐."

설화와 청화는 한빈을 바라봤다.

한빈의 주변에 묘한 기운이 들어왔다 나왔다를 반복하고 있었다.

정확히는 용린검에서 흩어진 기운이 한빈의 백회혈로 빠져들어 가고 있다.

그 모습을 본 청화가 말했다.

"싸움 구경보다는 공자님을 지키는 게 중요할 것 같네요."

"그래. 청화야, 그런데 우리는 언제 저렇게 되지?"

"저렇게 되냐니, 그게 무슨 말이에요? 언니."

"깨달음을 밥 먹듯이 얻는 수준 말이야."

"언젠가는 저렇게 되지 않을까요?"

청화가 한빈을 가리키자 설화가 고개를 끄덕였다.

"뭐, 그렇겠지."

말을 마친 설화는 고개를 돌려 주변을 경계하기 시작했다.

깨달음을 얻을 때 가장 중요한 것은 정신적인 안정이었다.

만약 주변에 사소한 일이라도 생긴다면 깨달음은 그대로 날아갈 수밖에 없었다.

설화는 파리 한 마리도 들여보내지 않겠다는 듯 눈을 가늘게 뜨고 우혈랑검을 잡았다.

청화도 마찬가지로 언제든 독 기운을 내보낼 수 있도록 잔뜩 긴장한 채 주변을 경계하기 시작했다.

설화와 청화가 긴장한 채 한빈을 호위하고 있을 때였다.

정작 한빈은 아무렇지 않게 허공을 바라보고 있었다.

거기에 더해 무아지경의 상태도 아니었다.

그 어느 때보다 주변의 소리가 생생하게 들렸다.

하지만 눈앞에는 이전에 용린검법의 깨달음을 흡수할 때처럼 수많은 글자가 떠다녔다.

한빈은 이 깨달음을 어떻게 잡아야 하는지를 이미 알고 있었다.

'전광석화.'

용린검법의 초식을 기본으로 깔고 손을 뻗었다.

[용혈신공의 문장 중, 용(龍)을 획득하셨습니다.]

[용혈신공의 문장 중, 린(鱗)을 획득하셨습니다.]

[……]

시간이 갈수록 점점 빨라지는 글자는 마치 밤하늘에 떠다
니는 반딧불과도 같았다.

한빈의 손은 반딧불을 낚아채는 촘촘한 그물이 되어야 했
다.

휙, 휙.

한빈의 손이 더욱 빨라졌다.

[용혈신공의 문장 중, 월(月)을 획득하셨습니다.]

[……]

설화의 목소리나 밖에서 일어나는 소란스러운 소음에 귓
가가 생생하게 울렸지만, 지금은 눈앞의 깨달음에 집중해야
할 때였다.

[용혈신공의 문장 중. 검(劍)을 획득하셨습니다.]

마지막으로 검이라는 글자를 획득했을 때였다.
갑자기 눈앞이 밝아졌다.
그러고는 귓가에 목소리가 들려왔다.

―용린조일(龍鱗照日)
용의 비늘은 태양을 비추고.
―용검조월(龍劍照月)
용검은 달을 비춘다.

청아한 목소리는 아쉬움을 날리고 사라졌다.
하지만 눈앞의 비급은 그 어느 때보다 반짝였다.

[용혈신공이 완성되었습니다. 지금 확인하시겠습니까?]

한빈은 재빨리 고개를 끄덕였다.

순간, 비급이 용린검법의 비급이 용혈신공이 있는 마지막
장으로 넘어갔다.

[용혈신공]

[진룡출세(眞龍出世)]

[조일중원(照一中原)]

[일조어주(逸藻於晝)]

[월조어야(月照於夜)]

[용린조일(龍鱗照日)]

[용검조월(龍劍照月)]

이전에 있던 문장에 용린조일, 용검조월이라는 두 문장이
더 추가되어 있었다.

순간 그 아래 용린검법이 전하는 글귀가 나타났다.

[용혈신공의 끝자락을 잡았습니다. 지금부터 천급 초식을 사용할 수
있습니다.]

한빈은 주먹을 불끈 쥐었다.

길고 길었던 여정을 끝낸 느낌이었다.

한빈은 재빨리 용린검법을 바라봤다.

용린검법을 바라보자 천급 구결이 보였다.

[천급 - 지(之), 역(易), 지(地)]

문제는 아직 초식이 완성되지 않았다는 점이었다.

천급 초식을 사용할 수 있다는 깨달음은 지금은 무용지물
이었다.

　순간 문장 하나가 더 나타났다.

[천급 초식 최초 사용 시 용린검이 활성화됩니다.]

　한빈은 들고 있던 용린검을 바라봤다.

　용린검은 한빈이 생각하기에 완벽한 형태를 하고 있었다.

　활성화된다는 말이 무슨 뜻인지 알 수 없었다.

　무슨 뜻인지 확인하려면 천급 초식을 사용해야 한다.

　하지만 천급 초식을 완성하려면 한 개의 천급 구결이 더
필요한 상황.

　갑자기 천급 구결을 덕지덕지 달고 있었던 암제가 그리워
졌다.

　허탈한 결론에, 한빈은 가늘게 눈을 뜨며 쓴 입맛을 다셨
다.

　"쩝."

　그 소리에 설화가 달려왔다.

　"공자님, 괜찮으세요?"

　"중요한 고비는 넘겼으니 걱정은 안 해도 된다."

　"헉, 그런데 검에 새로운 문장을 새겨 넣으셨네요. 대체 언
제 새겨 넣으신 거예요? 공자님."

설화가 용린검을 가리키자 한빈도 용린검을 바라봤다.

용린검에는 지난번에 깨달음을 얻었을 때와 마찬가지로 용혈신공의 문장이 새겨져 있었다.

하지만 설화에게 저절로 새겨진 것이라고 할 수는 없는 법이었다.

"내가 손이 빠르잖아. 뭐, 이 정도는 누워서 죽 먹기지."

한빈의 말에 설화는 고개를 끄덕였다.

한빈보다 손이 빠른 자는 중원에서 보지 못했으니 인정할 수밖에 없었다.

설화가 뭔가 생각난 듯 손뼉을 쳤다.

짝.

"제 우혈랑검에도 새겨 주세요. 왠지 멋있어 보여요."

"그래, 알았다."

한빈은 영혼 없는 표정으로 고개를 끄덕였다.

용린검에 새겨진 글귀는 새길 수 없었다.

이것은 인간의 힘으로 새겨 넣은 것이 아니니까.

하지만 비슷하게는 가능했다.

그때 청화도 재빨리 끼어들었다.

"저도요, 공자님."

"……"

한빈은 물끄러미 청화를 바라봤다.

둘은 사이가 좋으면서도 경쟁하는 친자매 같았다.

하지만 무가지회가 끝나면 아마도 청화는 사천당가에 남을 것이었다.

한빈은 시선을 돌려 설화를 바라봤다.

그때가 되면 설화가 쓸쓸해할 것 같아서였다.

한빈의 시선에 설화가 말했다.

"가 보셔야 하지 않겠어요?"

"그래야지……."

한빈은 조용히 고개를 돌려 비무대가 있는 방향을 바라봤다.

그때였다.

쿵!

제법 멀리 떨어진 거리임에도 굉음이 울려 퍼졌다.

그 소리에 한빈이 자리에서 일어났다.

툭툭 옷에 붙은 먼지를 털어 낸 한빈은 아무렇지 않게 한 걸음을 내디뎠다.

하지만 그 한 걸음으로 한빈의 자취는 사라졌다.

사사ー삭.

동시에 설화가 청화의 소매를 잡았다.

"우리도 가자."

"네, 언니."

청화가 고개를 끄덕이자 설화가 구걸십팔보를 펼쳤다.

동시에 설화와 청화가 그림자만을 남기고 사라졌다.

같은 시각 비무대 주변.

쿵!

그것은 분명히 진각을 밟는 소리였다.

당무천은 재빨리 뒤로 물러났다.

사실 당무천은 소리가 나기 전에 이미 뒤로 몸을 피했다.

갑자기 자신의 앞에 몰려온 기세를 느꼈기 때문이다.

당무천은 뒤로 물러난 채 눈을 가늘게 떴다.

지금의 기세는 공동지체를 완성한 자신보다도 위였기 때문이다.

당무천은 지금 의문을 뭉게뭉게 피워 올리고 있었다.

먼지에 섞여 있는 것은 소화산이 분명했다.

그런데 지금처럼 기세를 뿜어냈다는 것은 소화산에 영향을 받지 않았다는 것이었다.

그 의미는 무엇일까?

소화산은 상대의 공력을 완벽하게 흐트러뜨리지는 못한다.

대신 그것을 막는 방법도 어렵다.

저 정도의 소화산이 묻는다면 보통 상대는 공력의 반 정도를 잃게 마련이었다.

그런데도 자신보다 위 단계의 기세를 내뿜고 있다면?

둘 중의 하나였다.

자신은 상대도 할 수 없는 내공의 소유자이든가.

그게 아니라면 만독불침의 신체를 가지고 있다는 것이 분명했다.

전자나 후자나 문제가 되기는 마찬가지였다.

당무천은 조용히 자신의 아래를 바라봤다.

그의 발밑에는 비무대 아래에서부터 뻗어 나온 금이 있었다.

청강석으로 된 연무장이 상대가 밟은 진각 한 번에 갈라진 것이다.

그때 상대가 모습을 드러냈다.

마지막으로 남아 있던 소화산이 묻어 있던 먼지가 진각에 날아갔기 때문이었다.

모두는 상대와 그의 주변을 똑똑히 보고 있었다.

분명히 비무대 아래에는 서창휘가 당당히 서 있었다.

그 모습에, 당무천을 비롯한 십대세가의 고수가 서로를 바라봤다.

그들 중 가장 당황한 것은 제갈공민이있다.

정의맹의 군사라는 직책이 어떤 자리이던가?

가만히 앉아 있어도 중원의 모든 정보가 모이는 자리였다.

제갈공민이 알기로 동창의 제독 서창휘는 무공의 '무' 자도 모르는 이였다.

권모술수 하나로 강남을 총괄하는 제독의 자리까지 올라온 자였다.

그런데 그가 이렇게 말도 안 되는 무위를 지니고 있다고?

혹시 가짜?

제갈공민은 가볍게 고개를 저었다.

조금 전 그와 인사를 나눌 때 확인을 했기 때문이었다.

"분명히 나와의 만남을 기억하고 있었는데……."

그때였다.

옆쪽에 있던 금의위의 수장 강유찬이 고개를 흔들었다.

"하지만 나와의 대화는 기억 못 하고 있었습니다."

"강 대인, 그게 무슨 말씀인지요?"

"저도 저자와 대화를 나누었습니다. 제가 물어보니 당황하더군요. 저는 동창 제독이 가짜라고는 생각 못 하고 기억력에 문제가 있다고 생각했습니다. 그리고 제가 아는 서창휘는 저런 무공을 가지고 있지 않습니다."

그때였다.

동창의 무사들이 움직이기 시작했다.

타다닥.

서창휘가 모습을 드러내자 그를 보호하기 위해서 달려갔다.

타다닥.

수십 명의 무사가 서창휘를 보호하기 위해 그가 있는 쪽으로 뛰어들었다.

그때였다.

서창휘가 품에서 뭔가를 던졌다.

휘릭.

서창휘가 던진 물체는 동창의 무리 가운데를 훑고 지나갔
다.

획.

순간 가느다란 은빛 섬광이 서창휘에게 돌아갔다.

그 은빛 섬광을 서창휘가 잡았다.

탁.

그가 잡은 것은 초승달 모양의 반월도였다.

그때 누군가가 말했다.

"이기어검!"

그 목소리의 주인공은 당무천이었다.

"이기어검이 분명 맞소."

남궁장천도 고개를 끄덕이자, 무림세가의 고수들이 웅성
거리기 시작했다.

하지만 그들보다 당황한 것은 동창의 무사들이었다.

그들은 서로를 바라봤다.

순간 상대를 바라보던 동창 무사의 눈이 커졌다.

눈을 크게 뜬 무사가 말했다.

"헉, 자네도 핏물이 비치네."

"자네 눈이 잘못된 것 아닌가? 내 어깨가 아니고 자네 눈에서 피가 나고 있는 걸세!"

"내 눈에……."

무사는 자신의 얼굴을 감싸 쥐었다.

감싸 쥔 그의 손가락 사이로 피가 터져 나왔다.

순간 그는 비명을 질렀다.

"아악!"

그 비명은 그 무사만의 것이 아니었다.

동창의 무사들 사이에서 비명은 전염병처럼 퍼져 나갔다.

아악!

윽.

비명과 동시에 그들은 자리에 쓰러졌다.

털썩.

어떤 이는 왼팔로 자신의 오른팔을 부여잡고 신음을 흘리고 있었다.

또 다른 이는 목을 감싸 쥐고 터져 나오는 피를 막으려 애쓰고 있었다.

상처 부위는 다르지만, 서창휘가 던진 암기가 스쳐 지나간 자리에 있던 동창의 무사들은 모두가 나뒹굴었다.

가장 앞에 섰던 서창휘의 호위 무사도 마찬가지였다.

그는 덜렁거리는 자신의 오른팔을 보고도 믿을 수 없었다.

자신이 호위하고 있는 서창휘가 저런 무공을 지니고 있었다니!

호위 무사는 서창휘의 근처를 바라봤다.

목이 잘린 시체는 둘이었다.

하나는 금와 상단의 상단주 금선이었으며, 다른 하나는 자신과 함께 서창휘를 호위하던 다른 무사였다.

그 무사는 동창에 몸을 담고 형제처럼 지내던 이였다.

호위 무사는 일단 모두에게 사실을 알려야 했다.

그는 팔을 부여잡고 뒤로 물러나며 외쳤다.

"저자는 가짜다!"

그 외침에 몸이 온전한 동창의 무사들이 검을 뽑았다.

스릉.

스릉.

여러 개의 검신이 달빛을 반사하자 그 주변은 은하수가 흐르는 것 같은 착각이 들었다.

그때 십대세가의 대표들이 재빨리 그들의 앞으로 다가왔다.

그들 중 제갈공민은 재빨리 동창의 무사들에게 외쳤다.

"뒤로 물러나시오! 당신들이 제압할 수 있는 상대가 아니오!"

그 외침에 동창의 무사들은 십대세가의 대표 뒤로 주춤주춤 물러났다.

그때였다.

서창휘가 입을 열었다.

"내가 왜 너희의 목숨을 거두지 않았는지 아느냐?"

그것은 동창의 무사들에게 하는 말이었다.

"……."

하지만 그들 중 대답하는 자는 없었다.

신음을 흘리며 뒤로 물러나기도 바빴기 때문이다.

호위 무사만이 이를 악물고 서창휘를 바라봤다.

"대체 당신은 누구요?"

서창휘는 빙긋 미소를 지었다.

"단 며칠이지만, 내 수발을 들어 준 것에 대한 보답이다. 근맥이 끊어져 앞으로는 칼질을 못 할 테지만……."

제갈공민이 그의 말을 끊었다.

"동창의 서 제독이 아니라면 대체 네놈은 누구냐!"

그 외침에 서창휘가 제갈공민에게 고개를 돌렸다.

"어른의 말을 끊다니 참, 어이없는 아이로군."

말을 마친 서창휘의 손에서 한 줄기 섬광이 날아갔다.

휘릭.

그 섬광은 제갈공민을 향해 날아갔다.

제갈공민은 재빨리 검으로 그 섬광을 쳐 내려 했다.

탁!

그러나 제갈공민은 섬광을 쳐 내는 데 실패했다.

그 섬광에 담긴 기운은 노도처럼 제갈공민의 검을 밀어붙였다.

파박.

그 옆에 있던 남궁장천이 검으로 섬광을 찔렀다.

슉!

순간 맞물린 세 개의 힘이 공명했다.

팡!

섬광이 다시 서창휘에게로 돌아갔다.

서창휘는 맨손으로 초승달 모양의 반월도를 잡았다.

순간 제갈공민이 피를 토했다.

쿨럭.

남궁장천이 제갈공민을 부축하며 물었다.

"괜찮은가?"

"저는 괜찮습니다. 저자의 내력이 심상치 않으니 협공을
해야 할 듯싶습니다."

제갈공민의 말에 남궁장천은 주변의 다른 고수들과 눈을
마주쳤다.

순간 눈빛을 주고받은 무림세가 고수들이 서창휘를 향해
짓쳐 들었다.

남궁장천은 검을 길게 앞으로 뻗으며 일직선으로 서창휘
를 향해 날아갔다.

파박.

악소천도 창날을 앞으로 세우고 화살처럼 달려들었다.

황보만청과 서문무결 그리고 나머지 십대세가의 대표들이
모두 서창휘를 향해 달려들었다.

뒤쪽에서 지켜보던 나머지 인원들도 한꺼번에 서창휘를
향해 달려들었다.

무림세가의 반역자와 금선의 수하들을 지키는 인원만 빼
고는 모두 병장기를 고쳐 잡고 한 곳을 향해 짓쳐 들었다.

"와아!"

뒤쪽에서 달려오는 인원들은 함성까지 뱉었다.

파박.

앞쪽에서 달려가는 십대세가의 고수들이 내뻗은 병장기
소리가 파공성을 일으켰다.

슈웅!

그중 가장 앞에 선 것은 남궁장천이었다.

다섯 걸음.

네 걸음.

그의 뒤를 따르는 것은 제갈공민.

제갈공민은 머릿속으로 잠시 뒤의 모습을 그려 봤다.

이 정도의 고수가 한 번에 달려든다면 아무리 무위가 뛰어
난 고수라도 당해 내지 못할 것이다.

이제 한 걸음.

제갈공민은 고개를 갸웃했다.

상대가 아무런 반응도 하지 않았기 때문이다.

그때였다.

쿵!

서창휘가 오른발로 바닥을 찍었다.

땅이 흔들릴 정도의 강력한 진각.

모두는 진각을 밟으며 앞으로 튀어나오는 서창휘를 경계하며 병장기를 고쳐 잡았다.

그때였다.

서창휘의 신형이 묘하게 방향을 바꾸었다.

그는 무림세가 고수들을 향해 오는 것이 아니었다.

그는 도리어 몸을 뒤쪽으로 날렸다.

그가 향한 곳은 비무대 쪽이었다.

휘릭.

서창휘는 몸을 날려 비무대 위로 착지했다.

탁.

그 모습에 제갈공민이 고개를 갸웃했다.

기세만 보면 무림세가 대표들의 목을 당장이라도 칠 것만 같았다.

그런데 기세등등하던 자가 갑자기 뒤로 물러난다라?

제갈공민이 의문을 피워 올릴 때, 서창휘가 입을 열었다.

"아이들아, 나는 몰매를 맞기는 싫단다. 여럿이 하나를 패는 것은 강호의 도리가 아니지."

"음."

제갈공민은 침음을 흘렸다.

그 모습에 서창휘가 비릿한 웃음을 지으며 말을 이었다.

"덤빌 테면 한 명씩 덤비거라. 그럼 내가 상대해 주지."

"……."

제갈공민은 아무 말 없이 비무대 위에서 버티고 있는 서창휘를 바라봤다.

정말 상대하기 까다로운 자였다.

저 정도의 경지라면 싸우고 싶어서 안달이 나 있어야 하는데, 적당히 물러설 줄 아는 자였다.

서창휘의 얼굴을 한 자가 누군지는 몰라도, 만약 저자가 도망치기라도 한다면?

저자를 잡는 것은 불가능할 것이다.

제갈공민이 상대를 바라보고 있을 때였다.

서창휘가 다시 입을 열었다.

"얼마 전까지는 중원을 내가 집어삼킬 생각을 했지. 하지만 그러기에는 아직 내가 모르는 은둔 고수가 많더군. 그래서 나는 생각했지……."

서창휘는 조용히 고개를 들어 달을 바라봤다.

마치 추억에 잠긴 듯 그는 수염을 쓸어내렸다.

그러고는 다시 말을 이었다.

"그래서 그냥 조용히 살면서 마음에 안 드는 놈들의 멱을 따기로 했지. 그러다 보면 언젠가는 천하제일이 되지 않겠어? 정파에서 힘 좀 쓴다는 놈들도……. 무림삼존도……. 그리고 황제까지. 언젠가는 내 손에 목이 떨어지겠지."

"무엄하다!"

십대세가와 같이 그에게 달려들던 강유찬이 외쳤다.

서창휘는 비릿한 미소를 지으며 고개를 갸웃했다.

그러고는 주변을 둘러봤다.

"무엄하다고? 과연 네놈들이 그런 말을 자격이 있을까? 자격이 있다고 생각하는 놈들은 승부를 받아 주겠다."

"……."

"한 명씩 올라오도록. 하지만 한 명이 아니라 여러 놈이 달려들면 나는 오늘은 이만 여기서 사라지겠다."

"대체 네놈은……."

제갈공민은 말을 맺지 못했다.

서창휘가 검지를 입술에 갖다 댔기 때문이다.

"쉿!"

그 소리에 무림세가의 고수들은 고개를 갸웃했다.

서창휘의 행동이 무엇을 뜻하는지를 알 수 없었기 때문이다.

그때였다.

챙!

비무대 위에서 병장기 부딪치는 소리가 울려 퍼졌다.

챙!

같은 소리가 또 한 번 울려 퍼졌다.

그러고는 다시 잠잠해졌다.

순간 제갈공민은 눈을 크게 떴다.

비무대 위에 누군가가 서창휘와 마주하고 있었기 때문이다.

그때 십대세가의 대표 중 하나가 외쳤다.

"빈아!"

그는 팽대위였다.

지금 비무대 위에 서 있는 것은 다름 아닌 한빈이었다.

"팽 공자가 왜 혼자 저기에⋯⋯."

아래쪽에서 지켜보던 광개가 놀라 검지로 비무대 위쪽을 가리켰다.

그 모습에 악비광도 떨리는 목소리로 외쳤다.

"대체 왜 팽 형님이 저기에⋯⋯!"

모두가 놀라는 가운데 제갈공민은 재빨리 수신호를 보냈다.

비무대를 포위하라는 신호였다.

병진을 이루어 포위하면 잡을 수 있지 않을까 하는 생각에서였다.

순식간에 그들은 비무대를 포위했다.

하지만 서창휘는 아무렇지 않게 코웃음 쳤다.

"여러 놈이 한 명을 공격하는 것은 정파 놈들의 버릇인가?

개 버릇 남 못 준다더니……."

서창휘의 말에 아래쪽에서 비무대를 포위하고 있던 무림 세가의 고수들은 이를 박박 갈았다.

그때였다.

뒤쪽으로 잠시 물러나 있던 한빈이 서창휘를 향해 한 걸음 다가갔다.

그러고는 아무 일도 없다는 듯 손을 툭툭 털었다.

"영감, 죽다 살아나더니 제법 실력이 늘었나 봐."

"그러지 않아도 네놈부터 찾으려 했는데, 이렇게 제 발로 찾아왔구나."

서창휘가 눈매를 좁혔다.

그 모습에 한빈이 어깨를 으쓱했다.

"제 발로 찾아온 건 영감이지, 내가 아니야. 진짜 감쪽같은 변장술이었어. 오죽하면 내가 못 알아볼 정도였다. 암제."

"용케 날 알아봤군."

"내가 어떻게 알아봤는지 궁금하지 않아?"

"어떻게 날 알아봤느냐? 아이야."

"에이, 그건 비밀이야."

한빈은 씩 웃으며 검지를 살짝 흔들었다.

사실 한빈도 놀란 상황이었다.

한빈은 상대가 암제라는 것에 대해 반신반의했었다.

처음에 의심한 것은 바로 천급 구결 때문이다.

천급 구결을 나타내는 점이 서창휘의 등 뒤에서 일렁이고 있자 한빈은 의심하기 시작했다.

한빈은 조용히 다가가 천급 구결을 취하기 위해 그를 암습했다.

그러나 암습은 실패로 돌아갔고, 지금 이렇게 비무대에서 마주하고 있는 것이다.

사실 처음에는 천급 구결을 가진 다른 고수가 아닐까도 생각해 보았다.

하지만 두 번의 격돌로 한빈은 그게 암제라는 것을 거의 확신했다.

그 의문을 풀기 위해 한빈은 넌지시 떠봤다.

그리고 한빈은 이제 그가 암제라는 것을 확인했다.

문제는 그가 어떻게 살아났는지는 알 수 없다는 점이었다.

한빈은 용린검의 반쪽을 그의 심장 깊숙이 박아 넣었었다.

심장이 뚫리고 살아남았다는 자는 이제까지 듣도 보도 못했다.

하지만 그는 지금 눈앞에 있었다.

한빈은 눈을 가늘게 떴다.

지금은 잠시 의문을 뒤로 미뤄 둬야 한다.

적을 앞에 두고 병장기를 맞대고 있는 상황.

상대와 자신의 무위를 측정해 봐야 할 때.

한빈은 입맛을 다셨다.

"쩝."

암제의 무위는 측정이 불가능했다.

그 말은 귀락천의 지하 공간에서 싸울 때보다 무공의 경지가 높아졌다는 말이었다.

자신의 무위가 오른 만큼 암제의 무위도 올랐다는 것은…….

일대일 승부로는 아직 암제의 상대가 되지 못하다는 것이었다.

그때는 암제의 방심과 지형적인 이점이 있었다.

그러나 지금은 어찌 보면 변수가 없는 상태.

가장 중요한 것은 상대가 언제든지 튈 준비가 되어 있다는 점이었다.

눈을 가늘게 뜬 한빈의 모습에 암제가 미소를 피워 냈다.

"너도 다른 이들처럼 걱정을 하고 있구나."

"내가 뭔 걱정을 한다고 그래?"

"내가 여기에서 사라지면 항상 뒤통수가 근질근질하겠지……. 언제 칼이 날아올지 모르니 말이야."

"대단하군, 대단해. 내 마음속까지 읽을 수 있다니 말이야. 아무래도 조만간 등선할 것 같네."

한빈이 피식 웃었다.

하지만 속마음은 그리 편하지 않았다.

암제의 말 그대로였다.

절대고수가 자신의 목을 노리는데 편안히 살아갈 수 있을까?

한빈이 진정으로 원하는 것은 딱 한 가지였다.

뒤통수칠 자가 없는 세상을 만드는 것.

그것 때문에 무공의 끝을 보고 싶어 하는 것이기도 했다.

그런데, 여기에서 도망쳐서 자신의 목을 노린다고?

천급 구결을 얻는 것보다 더 중요한 것이 생겼다.

그것은 이 자리에서 암제를 끝장내는 것이었다.

그때였다.

비무대 아래에서 내공이 담긴 목소리가 울려 퍼졌다.

"지금이다!"

계가 (2)

　동시에 십대세가의 고수들이 비무대 위로 뛰어들었다.

　그들이 노리는 것은 암제.

　물론 그들이 무작정 뛰어든 것은 아니었다.

　제갈공민의 신호로 그들은 진을 펼쳤다.

　제갈세가의 전통적인 병진인 팔괘진.

　여덟 방위를 십대세가의 고수들이 점하고 나머지 고수들은 중앙의 한 점을 향해 나아간다.

　여덟 방위를 맡은 십대세가의 고수들이 맡은 것은 방어이며, 나머지 모두는 중앙을 향해서 몰려든다.

　암제를 노리는 이들의 앞에는 남궁장천과 당무천이 있었다.

파파박.

그들이 암제를 향해 기세를 뿜으며 달려들었다.

암제는 팔짱을 끼고 아무렇지도 않게 주변에서 몰려드는 고수들을 바라봤다.

"오늘따라 파리가 많군."

암제의 목소리는 작았지만, 모두는 그의 목소리를 들을 수 있었다.

그 광오함에 선두에서 달려들던 남궁장천이 고개를 갸웃 했다.

하지만 멈출 수는 없는 일이었다.

암제의 목을 뚫기 바로 직전이었기 때문이다.

이제 단 두 걸음.

휙.

남궁장천은 길게 검 끝에 기를 모았다.

창천무애검법의 제팔식, 창천강응(蒼天降鷹)이었다.

하늘 높이 뜬 매가 아래로 강하하며 먹이를 낚아채는 것 처럼, 남궁장천의 검이 암제의 머리 쪽을 향하다가 아래를 향했다.

이대로라면 암제의 심장을 꿰뚫을 수 있을 터.

챙.

병장기 부딪치는 소리와 함께 남궁장천의 오른손이 저릿 해져 왔다.

챙.

다시 소리가 울린다.

챙, 챙, 챙.

연속으로 울리는 병장기 부딪치는 소리.

남궁장천은 눈을 크게 떴다.

암제의 무기가 십대세가 고수의 공격을 모조리 쳐 냈다.

길게 뻗은 악소천의 창도.

일도양단의 기세로 내려치는 팽대위의 거도도.

모두 튕겨 나갔다.

암제가 쓰는 반월 모양의 칼은 빙글 돌며 그들의 공격을 쳐 냈다.

남궁장천의 눈빛이 살짝 떨렸다.

암제가 모두의 공격을 쳐 낸 것에 놀란 것은 아니었다.

암제가 이미 사라졌기 때문이었다.

그때 어디선가 굉음이 울려 퍼졌다.

쾅.

동시에 반월 모양의 칼이 어디론가 날아갔다.

그 방향은 굉음이 울린 방향과 일치했다.

남궁장천은 재빨리 고개를 돌렸다.

그가 바라보고 있는 곳은 백 걸음 정도 떨어진 곳에 있는 전각의 지붕이었다.

전각의 지붕을 바라보던 남궁장천이 침음을 흘렸다.

"음."

그 옆에서 지켜보던 제갈공민도 고개를 흔들었다.

"대체 언제 저기에⋯⋯."

"그게 문제가 아닐세. 저 거리에서 이기어검을 구사한다는 게 문제지."

남궁장천은 전각의 지붕을 가리켰다.

그 말에 제갈공민의 표정이 일그러졌다.

"이 정도 거리에서 이기어검을 구사하는 것은 무림삼존도 불가능하지 않습니까?"

제갈공민의 말은 사실이었다.

이기어검이라는 것은 절대적으로 거리에 영향을 받을 수밖에 없었다.

내공이 뻗어 가는 데는 한계가 있으니 말이다.

그때 누군가가 길게 한숨을 내쉬었다.

"휴⋯⋯."

그 한숨에 제갈공민이 고개를 돌렸다.

그곳에는 당무천이 눈을 가늘게 뜨고 전각의 지붕을 바라보고 있었다.

그 모습에 제갈공민이 말했다.

"무슨 일이십니까?"

"저건 우리 가문에서 사라졌던 무기일세."

"네?"

"저자가 들고 있는 무기는 만월이라 불리는 무기일세."

"만월이라니, 그게 무슨 말입니까?"

제갈공민은 고개를 갸웃했다.

아무리 봐도 초승달 모양이었다. 만월이라면 보름달을 일 컫는 말이었다.

그 모습에 당무천이 말했다.

"본래 모양은 만월인데, 만월을 든 자의 내공이 높으면 높 을수록 초승달 모양에 가까워지네."

"그렇다면……."

"어찌 보면 저자는 도망간 것이 아니라 우리를 놀리고 있 는 걸지도 모르겠군."

"흠."

제갈공민은 한숨을 내쉬었다.

그때였다.

전각의 지붕에서 내공이 담긴 목소리가 흘러나왔다.

"이 만월이 맞네. 이제부터 밤새도록 목이 붙어 있기를 기 도해야 할 것이야. 내가 기회를 주지."

"기회라니, 그게 무슨 말이냐?"

제갈공민이 외치자, 암제가 답했다.

"너희의 목숨 줄을 붙여 놓을 공물을 바치거라."

"무슨 헛소리를……."

제갈공민은 말끝을 흐렸다.

멀리 전각 지붕에서 암제가 일어났기 때문이다.

갑자기 일어난 암제는 지붕 위에서 뭔가를 찾았다.

두리번거리던 암제의 시선이 한 곳에 멈췄다.

"여기 있군."

암제는 전각의 지붕에서 동그란 물체 하나를 집었다.

그는 아무렇지 않게 그 물체를 던졌다.

휙.

내공이 실린 동그란 물체가 비무대 쪽으로 날아왔다.

그 물체는 정확히 십대세가 대표들의 가운데에 떨어졌다.

툭.

십대세가의 대표들은 재빨리 뒤쪽으로 물러났다.

순간 여기저기서 탄성이 터졌다.

"헉, 저건⋯⋯."

"대체 언제⋯⋯."

그들 대부분은 경악에 어린 시선으로 바닥에 떨어진 물체를 바라봤다.

그것은 목이 잘린 채 뒹구는 사람의 얼굴이었다.

그 수급의 주인이 누구인지도 모른 채 모두는 서로를 바라봤다.

하지만 누가 당했는지 아무도 알 수 없었다.

그때 암제의 목소리가 다시 울려 퍼졌다.

"내 말을 듣지 않는다면 다들 언제 그 꼴이 될지 모른 채 불안에 떨면서 살아가야 할 것이다. 일다경 안으로 협상할 사람을 보내라. 이곳으로!"

암제는 자신이 올라가 있는 전각의 지붕을 가리켰다.

그의 외침에 무림세가의 고수들은 이를 악물었다.

암제의 말이 맞았다.

암제가 싸우려고 덤벼든다면 정정당당히 맞설 자신이 있었다.

하지만 상대는 싸울 마음이 없다고 대놓고 선포했다.

대신 암살 예고를 한 것이다.

그들은 서로 눈빛을 교환했다.

암제의 무위가 무림삼존에 버금간다는 데에는 모두 이견이 없었다.

무림삼존이 숨어서 누군가를 암살하려고 한다면 과연 막을 수 있는 집단이 있을까?

몇 날 몇 시 그리고 어느 세가라고 예고가 되어 있다면 막을 수 있을지도 모른다.

하지만 언제 쳐들어올지도 모르는 암제를 막기란 어려운 일이었다.

무림 역사상 이렇게 비겁한 선전포고를 하는 이는 일찍이 없었다.

그렇다고 공물을 바친다고 약속할 수도 없는 법이었다.

모두가 결정을 못 내릴 때, 누군가가 말했다.

"닭 쫓던 개가 지붕 쳐다보는 꼴이 됐군요."

그 말은 모두를 자극하기에 충분했다.

그들은 소리가 난 쪽을 향해 고개를 돌렸다.

그곳에는 한빈이 눈을 빛내고 있었다.

무림세가 고수 중 하나가 한빈을 가리키며 말했다.

"대체 어디서 배운 말버릇……."

그의 말이 끝나기도 전에 제갈공민이 손을 들어 제지했다.

"지금은 싸울 때가 아니오."

무림세가 고수들을 제지한 제갈공민은 한빈이 있는 곳으로 걸어갔다.

한빈 앞에 선 제갈공민은 낮은 목소리로 물었다.

"팽 공자, 지금 한 말이 우리를 놀리려는 것은 아닌 것 같아서 묻겠네. 혹시 좋은 방법이라도 있는가?"

"일단은 닭을 지붕 아래로 불러야 하겠죠?"

"어떻게?"

"그건 제게 맡겨 주시죠. 그런데……."

한빈이 말끝을 흐리며 주변을 둘러봤다.

그 모습에 제갈공민이 물었다.

"무슨 할 말이라도 있는가? 편히 말해 보게."

"저자가 그냥 닭이 아니라는 것이 문제죠. 저자는 투계(鬪鷄)입니다. 평범한 강아지는 나물 무치듯 처바를 수 있는 싸움닭입니다. 그러니 마지막까지 저에게 맡겨 주십시오. 이번에 저자가 도망치면 못 잡습니다."

"흠."

"원래 백 명의 고수가 한 명의 도둑을 쉽게 못 잡는 법입니다. 그런데 저 도둑은 어느 고수보다 무공이 고강합니다. 어떻게 막겠습니까?"

"그럼 자네는 어떻게……."

"그건 비밀입니다. 어떤 일이 있어도 그냥 지켜만 보십시오. 안 그러면 절대 못 잡습니다. 제가 협상해 보겠습니다. 그리고 저자를……."

한빈은 마지막 말은 입 모양으로만 말했다.

그 말은 분명히 꼭 잡겠다는 것이었다.

제갈공민의 눈빛이 살짝 흔들렸다.

생각이 복잡하기에 자신도 모르게 감정을 드러낸 것이었다.

그는 한빈이 어떻게 암제를 잡겠다고 하는지 도통 알 수 없었다.

거기에 한빈을 협상자로 보내려면 일단 암제에게 굴복하는 척을 해야 했다.

이것을 무림세가의 사람들이 용납할까?

제갈공민 자신뿐이라면 마지막 수단으로 굴복하는 척하며 한빈을 협상자로 내보낼 수 있었다.

하지만 나머지 무림세가 사람들이라면?

굴복하는 척한다고 해도 하북팽가의 사 공자를 대표로 내보낸다고 하면 인정하는 이가 얼마나 될까?

제갈공민은 걱정 가득한 표정으로 말없이 주변을 바라봤다.

"……."

그때 묵묵히 지켜보던 제갈세가의 가주, 제갈공영이 한 걸음 앞으로 나왔다.

그의 등장에 모두의 시선이 몰렸다.

제갈공영은 십대세가의 가주로서 자신이 해야 할 일을 깨달았다.

그것은 이 상황을 정리하는 것이었다.

동생인 제갈공민은 어찌 보면 정의맹의 사람이다.

십대세가 대부분이 정의맹의 일원이긴 해도, 이 행사는 무림세가만의 일이었다.

그렇다면 이 상황을 정리해야 할 것은 십대세가에서 두뇌역할을 하는 자신이었다.

제갈공영은 주변을 쓱 훑어봤다.

그러고는 천천히 입을 열었다.

"우리 제갈세가는 팽 공자에게 협상을 맡기겠소."

"네? 팽 공자라니요?"

무림세가의 가주 중 한 명이 앞으로 나섰다.

"저자를 옭아맬 수 있는 사람은 팽 공자밖에 없다고 제갈세가는 판단하오."

그 말에 모두는 꿀 먹은 벙어리가 되었다.

천하의 제갈세가가 이리 나올 줄은 몰랐다.

하지만 제갈세가의 가주인 제갈공영만은 진지한 표정으로 한빈에게 시선을 돌렸다.

그의 시선에는 믿음이라는 감정이 굳게 박혀 있었다.

귀락천 지하에서의 혈투를 그는 똑똑히 기억하고 있었다.

제갈공영의 기억에 박혀 있는 암제는 천하제일인에 가까웠다.

그리고 그의 수하들의 무공도 일반 무사들은 범접지 못할 경지에 다다라 있었다.

그곳에 누가 오든 그 당시 제갈공영을 구하지는 못했을 것이다.

난공불락이라고 느껴지던 지하 공간에서 자신을 구한 것은 바로 한빈이었으니, 그를 믿지 않을 수 없었다.

제갈공영의 시선에 모두의 시선이 한빈에게 몰렸다.

그 시선을 받은 한빈은 아무렇지도 않게 고개를 끄덕였다.

"알겠습니다. 그럼 나머지 분들의 의견은 어떻습니까?"

한빈의 시선이 한 바퀴를 돌았을 때, 황보만청이 한 걸음 앞으로 나왔다.

그러고는 주위를 둘러본 후 입을 열었다.

"나는 팽 공자를 믿겠네."

"나도 그 말에 동의함세. 팽 공자에게 이 일을 맡기는 것이 좋다고 생각하네."

산동악가의 가주 악소천도 고개를 끄덕였다.

그것이 시작이었다.

모두가 동시에 고개를 끄덕였다.

한빈은 슬며시 미소를 지었다.

이것도 어찌 보면 기세였다.

모두가 고개를 끄덕일 때, 그들을 보고 있던 남궁장천은 고개를 갸웃했다.

왜 다들 하북팽가의 사 공자를 믿는다고 하는지가 이해가 안 갔다.

그것도 잠시, 그는 눈을 크게 떴다.

생각해 보니 자신도 고개를 끄덕이고 있는 것이 기억났기 때문이다.

'대체…….'

그때 한빈이 다시 말을 이었다.

"제게 맡겨 주신다니 감사합니다. 그런데 마지막으로 허락 받아야 할 사람이 있습니다."

"…….'

모두는 한빈의 말에 고개를 갸웃했다.

모든 무림세가가 허락했는데 대체 누구에게 더 허락을 맡아야 한다는 건지 이해가 안 되었다.

한빈은 고개를 돌렸다.

그곳에는 새로 합류한 강유찬과 광개 그리고 현문 같은 고수들이 모여 있었다.

한빈의 시선이 마지막으로 향한 곳은 금의위의 수장인 강유찬이었다.

한빈의 시선에 강유찬은 고개를 갸웃했다.

"팽 공자, 대체 왜 나를 그리 보는가?"

"이 일은 강 대인께 허락을 맡아야 하기 때문입니다."

"이건 무림세가의 일……."

강유찬의 말이 끝나기 전에 한빈이 쓱 다가왔다.

강유찬은 눈을 크게 떴다.

한빈은 그 모습에 아랑곳하지 않고 그의 귀에 속삭였다.

그 말에 강유찬의 눈에 그 어느 때보다 커졌다.

"그게 정말인가?"

"네, 맞습니다. 그럼 저는 이만."

말을 마친 한빈은 손가락을 튕겼다.

딱.

그 소리에 맞춰 어디선가 보따리 하나가 날아왔다.

휙.

한빈은 아무렇지 않게 보따리를 길게 묶었다.

그러고는 등짐을 메듯 자신의 몸에 걸쳤다.

한빈은 자신의 몸을 다시 살피며 빠진 것이 없나 점검했다.

그 모습은 마치 긴 여행을 떠나는 것 같은 착각이 들 정도였다.

그것도 잠시, 한빈은 고개를 끄덕이더니 모두를 향해 손을 흔들었다.

마치 마지막 작별을 고하는 듯한 모습이었다.

암제는 멀리서 그 모습을 지켜보며 고개를 갸웃했다.

그때 한빈이 구걸십팔보를 펼쳤다.

사사—삭.

순간 낙엽 밟는 소리와 함께 잔형을 남겼다.

모두는 한빈의 속도에 눈을 길게 떴다.

얼마나 빠른지 한빈의 이동하는 모습이 실을 늘려 놓은 것처럼 보일 정도였다.

잔형이 만들어 낸 실은 점점 없어졌다.

모두가 눈을 크게 뜨고 있을 때, 한빈이 다시 나타난 것은 암제가 올라가 있는 전각이었다.

금의위의 수장 강유찬은 그 모습에 눈을 가늘게 떴다.

방금 한빈이 전한 것은 바로 암제의 정체였다.

그는 암제가 왜 황제의 목을 벨 것을 언급했는지를 한빈을 통해서 알 수 있었다.

차라리 반역이라면 막겠지만, 암살이라면?

그것은 사정이 달랐다.

항상 겹겹이 고수의 호위를 받고 있는 황제라고는 하나,

천하제일인에 가까운 고수가 노린다면?

강유찬은 한빈의 뒤를 따라가 도와줘야 하나 잠시 고민했었다.

하지만 이내 포기하고는 고개를 저었다.

자신이 나선다면 그것은 돕는 것이 아니라 일을 그르치게 될 확률이 크다고 판단했기 때문이다.

만약 한빈이 암제를 생포한다면 강유찬은 황제에게 그의 공로를 전할 것이었다.

오늘 무림과 나라를 구한 일을 말이다.

강유찬의 진지한 표정과는 달리, 십대세가의 고수들을 제외한 무림세가 사람들은 눈을 크게 떴다.

그것은 한빈의 경공술 때문이었다.

"지금 저게 하북팽가의 사 공자라는 거지?"

"허허, 하북팽가에 저런 경공술이 있었나?"

"아무리 봐도 하북팽가의 사람이 아닌 것 같군."

그때 누군가가 그들을 말렸다.

"자네들, 지금 대체 그런 잡담을 하고 있을 여유가 있는가?"

그 말에 모두는 입을 다물었다.

아군의 목이 나뒹구는 상황.

절대적인 무위를 지닌 적이 탈출해서 모두의 목을 노릴지도 모르는 상황.

모든 상황이 무림세가의 입장에서는 최악이었다.

경공술을 보고 놀랄 때가 아니었다.

하지만 이렇게 급박한 상황에서도 그들을 놀라게 한 것은 한빈의 구걸십팔보가 그만큼 신묘했기 때문이다.

그때 누군가가 낮은 목소리로 말했다.

"저 정도의 경공술이라면 무림 최고가 아니던가?"

"그러고 보니⋯⋯."

모두는 한빈을 바라보며 마른침을 삼켰다.

그들이 기대하는 것은 한 가지였다.

그때 모두의 바람을 누군가가 말했다.

"이기지는 못해도 놓치지는 않겠군. 정의맹에서 사냥개를 키운 것이 분명해."

"그래, 저자를 추격만 하면 우리가 잡는 건 그리 어렵지 않을 것이야."

"그런데 추격하다가 목이라도 달아난다면⋯⋯."

그의 말에 모두는 침을 꿀꺽 삼켰다.

암제의 서슬 퍼런 만월에 한빈의 목이 달아날 것이 훤히 보이는 것만 같았다.

암제와 마주한 한빈은 귀를 후볐다.

지붕 위에 올라와 자신에게 한마디도 안 하고 귀를 후비는 한빈의 모습에, 암제는 미간을 좁혔다.

"무엄하다. 나를 앞에 놓고 그게 무슨 불경한 행동이란 말인가?"

"꼭 왕이라도 된 듯한 말투네."

"……."

"맞아, 왕이었지. 내가 귀를 후비는 건 영감 때문은 아니야. 누가 내 얘기를 하는 것 같아서."

한빈은 검지로 멀리 떨어진 비무대 위를 가리켰다.

그 모습에 암제가 코웃음을 쳤다.

"후웃, 네놈이 시간을 끌려고 하는구나. 하지만 네 뜻대로는 되지 않을 터다."

"과연 그럴까?"

"나는 첫 번째 공물로 네놈의 목을 원한다."

내공이 담긴 목소리였다.

동시에 비무대 위에서 지붕 위를 바라보던 사람들이 웅성대기 시작했다.

하지만 한빈은 활짝 웃으며 검지를 흔들었다.

"영감은 궁금하지 않아?"

"……."

암제는 무엇을 물어보는지를 모르겠다는 표정으로 말없이 한빈을 노려봤다.

그 모습에 한빈이 입꼬리를 올렸다.

"궁금하면 기막 좀 쳐 줄래?"

"흠."

"기막 안 치면 나도 말 안 할래. 궁금한 건 영감인데 내가 쓸데없이 힘 낭비를 할 필요는 없잖아."

한빈은 자리에 앉아 팔짱을 꼈다.

그 모습에 암제가 살짝 주위를 둘러봤다.

순간 지붕 위의 낙엽들이 미세하게 흔들리더니 바닥에서 떠올랐다.

스슥.

공중에 떠오른 낙엽과 파편들이 일정한 높이에서 묘하게 멈추었다.

암제가 기막을 펼친 것이다.

기막을 펼친 암제는 조용히 한빈을 바라봤다.

암제는 사실 이 상황이 기가 막혔다.

그는 대표로 한빈이 나올 줄 예상하고 있었다.

협상하는 척하다 처참히 밟아 주리라 결심했다.

그런데 묘하게 말려들어 가고 있었다.

그때 한빈이 말을 이었다.

"역시, 내공을 다루는 솜씨가 수준급이군. 내공이 얼마나 진하면 이렇게 눈으로 보여? 신기하네?"

한빈은 기막에 붙어 있는 파편과 나뭇잎을 바라보며 고개를 갸웃했다.

그 모습에 암제가 못 참겠다는 듯 외쳤다.

"빨리 말이나 하거라!"

"그럼 본론을 얘기하지. 영감이 살아난 거 말이야. 과연 어떻게 살아났을까?"

"……."

암제는 눈을 가늘게 떴다.

그것은 암제도 궁금해하는 점이었다.

그때 한빈이 다시 말을 이었다.

"심장의 정중앙에 검이 꽂히고도 살아난 게 신기하지 않아?"

"내 무공이……."

"그게 무공하고 상관있을 것 같아?"

"음."

암제는 침음을 삼키며 한빈을 바라봤다.

그때 한빈이 말을 이었다.

"강호에서 구르다 보면 수많은 기사를 보게 되지. 그런데 말이야……."

"말해 보거라."

암제의 말에 한빈은 씩 웃으며 자리에서 일어났다.

그러고는 암제를 바라보며 용린검을 뽑았다.

스릉.

용린검의 검신이 달빛을 머금고 미소를 그리고 있다.

암제는 조용히 용린검을 바라봤다.

한빈에게 살기가 전혀 느껴지지 않았기에 여유 있게 검신을 바라봤다.

순간 암제의 눈이 커졌다.

"혹시……."

"그래. 네 가슴에 박혔던 검이지. 그런데 그게 딱 붙었어. 그리고 이 검집 보이지?"

"그 검집은 혹시 화룡편?"

"그래 맞아. 진짜 신기한 일이지?"

"대체 어찌 그런 일이……."

"그렇게 놀라지 말고 내 얘기 잘 들어. 나는 네가 뭘 하든 관계없어. 나는 지금부터 이 검에 얽힌 비밀을 풀고 천하제 일이 될 거야."

"천하제일이라……."

"내가 여기서 도망치면 말이야. 영감이 과연 날 찾을 수 있을까? 뭐, 나도 영감을 못 찾겠지만, 영감도 나를 못 찾는 건 피차일반이지. 푸읍."

한빈은 재미있다는 듯 웃음을 토해 냈다.

"그냥 조용히 사라지면 될 것을 왜 내게 말하느냐?"

"영감도 저 늙은이들을 위협했잖아."

한빈은 비무대 위에 모인 무림세가 고수들을 가리켰다.

그 모습에 암제는 침음을 삼켰다.

한빈의 말에는 일말의 거짓이 없었다.

그것은 암제가 장담할 수 있었다.

상대는 그다지 정의니 협의이니 하는 단어들과 거리가 멀었다.

그때였다.

암제가 만월을 잡았다.

초승달 모양의 도가 달빛에 반짝인다.

그는 만월을 앞으로 내뻗으며 한빈에게 한 발짝 다가섰다.

순간 기막에 붙어 허공에 떠올라 있던 낙엽과 파편들이 바닥으로 내려앉았다.

툭, 툭.

그 모습에 한빈이 외쳤다.

"기막 펼치라고 했더니, 내 얘기 듣기 싫어?"

"문답무용. 네 목을 베고 내 물건을 찾아갈 테다."

"내가 비밀을 말해 주지 않으면 이걸 얻어도 소용없을 텐데. 내 부탁 하나만 들어주면 내가 그 비밀을 얘기해 주지."

"부탁이라니, 말해 보거라."

"박아."

"지금 뭐라 했느냐?"

"일단 박으라고."

한빈은 자신의 발밑을 가리켰다.

그 광경을 지켜보던 무림세가 고수들은 눈을 크게 떴다.

조금 전까지는 암제가 기막을 펼친 덕분에 아예 들을 수가 없었다.

하지만 암제가 기막을 거둔 순간, 둘의 대화는 모두의 귓가에 생생히 꽂혔다.

한빈을 바라보는 그들의 생각은 동일했다.

무슨 수가 있을 것이라 기대하고 지켜봤는데 오히려 암제의 성질만 돋우니 저게 대체 무슨 일인지 알 수가 없었다.

"애송이가 일을 다 그르치는군."

"역시 하북제일의 겁쟁이라는 소문이……."

"겁쟁이는 아니지. 그냥 망나니일 뿐이지."

모두가 웅성거리는 가운데 한빈은 뒤로 폴짝 물러섰다.

그러고는 팔짱을 끼고 암제를 노려봤다.

"더 이상 오면 그냥 도망칠 거야. 이렇게 말해 놓고 보니 내가 악당이 된 것 같네."

"그럼 어서 내놓아라."

"그 전에 내가 이 검을 통해 얻은 보법을 하나 알려 줄게."

"……."

암제가 눈을 가늘게 뜨자 한빈이 갑자기 발을 뻗었다.

한빈은 전각에 흩어진 파편을 정확히 걷어찼다.

탁.

파편이 암기가 되어 암제를 향해 날아들었다.

암제는 아무렇지 않게 소매를 휘둘렀다.

팡!

소매에서 뻗어 나온 진기가 파편을 흩어 냈다.

파편을 걷어 낸 암제의 눈빛이 살짝 흔들렸다.

한빈이 눈앞에서 사라졌기 때문이다.

암제는 갑자기 불안해졌다.

천하제일이 될 기회를 눈앞에서 놓친 것만 같은 기분이었다.

이것이 한빈의 격장지계라는 것을 암제도 알고 있었다.

하지만 자신과의 승부를 위한 격장지계가 아니었다.

자신의 속을 뒤집어 놓기 위한 수단이 분명했다.

그 이유는 모르지만, 한빈이 다시 자신의 눈앞에 나타날 확률은 없었다.

대체 어디에…….

암제는 황급히 주변을 살폈다.

지금 그의 머릿속에는 한빈과 용린검밖에 없었다.

비무대 위에서 한빈과 암제의 대화를 지켜보던 이들은 술렁이기 시작했다.

"대체 어떻게 된 거지?"

"지금 뭔가가 오간 건 맞지?"

"혹시 하북팽가의 사 공자가 당한 거 아니야?"

"그럴 수도……. 암제가 소매를 휘두른 후 눈 녹듯 사라졌잖아."

"헉, 저게 어떻게 인간의 무위야?"

"대체……."

모두가 술렁이고 있을 때, 제갈공민은 고개를 갸웃했다.

분명 한빈이 사라진 것은 맞았다.

하지만 암제의 손짓 한 번에 녹아내린 것은 분명 아니었다.

다만, 어떻게 신형을 감췄는지는 알 수 없었다.

제갈공민은 슬쩍 당무천을 바라봤다.

이곳에서 무공이 가장 높은 것은 바로 당무천이었다.

그는 당무천이 지금 어떻게 된 일인지 알 수 있으리라 확신했다.

기대도 잠시, 제갈공민은 고개가 살짝 기울어졌다.

당무천도 해답을 찾는 듯한 표정으로 제갈공민을 바라보고 있기 때문이었다.

먼저 입을 연 것은 당무천이었다.

"대체 팽 공자는 어디에 갔다는 말인가?"

"어르신도 못 보셨습니까?"

"나도 못 봤다네."

"그럼 혹시 암제에게 당한 건……."

"암제도 저리 당황하지 않나? 그걸 보면 분명히 무사히 저곳을 벗어났을 터인데……. 대체 어떤 경공술이기에 이렇게 지켜보고 있는데도 찾을 수가 없단 말인가?"

해답을 듣기 위해 던진 질문은 아니었다.

당무천도 자신이 이곳에서 가장 무공의 경지가 높다는 것은 알고 있었다.

그런 자신의 눈을 피해 사라졌다고?

그것은 불가능했다.

신경이 분산될 때 몸을 숨기는 것은 쉽다.

하지만 지금처럼 모두가 뚫어져라 바라보고 있는 상태에서 모두의 시선에서 사라지는 것은 불가능하다.

아무리 천하제일의 경공술을 가지고 있다 하더라도 말이다.

그것도 십대세가의 고수들의 눈을 피해서 말이다.

이전에 암제가 비무대 위에서 사라진 것과는 차원이 다른 일이었다.

암제가 무림세가 고수들의 눈을 피할 수 있었던 것은 여럿이 달려드는 혼란한 상황 때문이었다.

하지만 한빈은 모두의 시선이 집중된 상태에서 사라졌다.

그때 누군가가 떨리는 목소리로 말했다.

"저기 있습니다."

그의 목소리에 모두가 고개를 돌렸다.

그들의 시선이 멈춘 곳은 전각의 바로 아래였다.

한빈은 전각의 입구에서 손을 털며 걸어 나오고 있었다.

아무 일도 없다는 듯 휘적휘적 걸어 나오는 한빈의 모습은 마치 소풍이라도 나온 것처럼 여유로웠다.

모두의 말에 지붕 위에 있는 암제도 아래를 내려다봤다.

잠시지만 애타게 찾던 한빈이, 모습을 감췄다가 바로 발밑에서 나타나자 암제는 자신도 모르게 안도의 한숨을 쉬었다.

　그 한숨에는 진심이 담겨 있었다.

　자신이 목격한 보법은 검에 담겨 있는 비급이 분명했다.

　떨리는 암제의 눈빛에 한빈이 외쳤다.

　"뭘 그리 놀라? 영감!"

　"대체 지금 그것은 무슨 무공이냐?"

　"무공은 무슨……."

　"그것도 비밀이더냐?"

　"비밀은 아니야. 내가 사라진 자리를 잘 봐."

　"네가 사라진 자리를 보라니? 그게 무슨 말이……."

　암제는 말을 맺지 못했다.

　몇 발짝 떨어진 곳을 집중해서 보자, 눈앞에서 감쪽같이 사라진 수법을 알 수 있었기 때문이다.

　암제는 자신도 모르게 어깨를 가늘게 떨었다.

　두려움 때문은 아니었다.

　자신이 놀림을 받았다는 것을 그제야 깨친 것이다.

　고개를 돌린 암제의 눈은 이글이글 타올랐다.

　세상의 모든 분노를 한곳에 모은 듯한 암제의 모습에 한빈이 말을 이었다.

　"내가 구멍으로 사라진 줄은 몰랐을 거야."

　한빈은 얄밉게 웃으며 지붕 위를 가리켰다.

"네놈은 대체!"

암제가 이를 악물었다.

한빈은 그 모습에 어깨를 으쓱했다.

한빈이 모두의 이목을 속일 수 있었던 것은 무공 때문이 아니었다.

방금 전 한빈은 파편을 걷어차며 바닥을 디딘 발에 천근추의 기운을 실었다.

동시에 보기 좋게 바닥이 꺼진 것이었다.

워낙 동작이 은밀한 데다, 한빈은 사라지자마자 반박귀진을 썼다.

이것은 용린검법의 초식 덕분이었다.

하지만 암제는 한빈이 기척을 어떻게 감췄는가는 생각하지 않았다.

눈앞에서 간단한 속임수에 넘어간 것이 분할 뿐이었다.

암제는 더는 못 참겠다는 듯 전각에서 뛰어내렸다.

그에 맞춰 한빈이 구걸십팔보를 펼쳤다.

사사 삭.

한빈의 신형이 바람처럼 사라졌다.

동시에 암제도 기세를 뻗는다.

그렇게 추격전이 시작되었다.

그 추격전을 지켜보던 제갈공민은 눈을 크게 떴다.

이것은 생각지도 못한 전개였다.

분명히 암제는 자리를 피할 것이라 위협했었다.

암제처럼 자신이 도망갈 것이라고 위협하는 적은 무림 역사상 처음이었다.

하지만 그의 위협은 무시할 수 없었다.

실제로 대부분의 무림세가 가주들이 찜찜한 표정을 지우지 못하고 있었다.

그러나 도망간다고 위협하던 암제가 지금은 한빈을 쫓고 있었다.

대충 이야기를 듣고 보니 한빈이 도리어 암제를 위협한 것 같았다.

그때 누군가가 외쳤다.

"기회다! 모두 암제를 잡아……."

그는 말을 맺지 못했다.

무시무시한 기세가 그를 덮쳤기 때문이었다.

그는 다름 아닌 당무천이었다.

당무천은 무림세가의 가주들을 바라보며 진지한 목소리로 외쳤다.

"다들 일을 그르치지 마시오! 우리가 상대할 자도 아니거니와, 지금 저 아이는 최선을 다해서 암제를 상대하고 있소이다. 다른 신호가 나오기 전까지는 모두 방해하지 마시오."

말을 마친 당무천의 입은 육중한 성문처럼 굳게 닫혔다.

그 상태로 무림세가의 가주들을 쏘아봤다.

그들은 호랑이를 본 강아지처럼 고개를 돌리기에 바빴다.

당무천은 조용히 추격전을 바라봤다.

당무천은 낮은 목소리로 혼잣말을 뱉었다.

"대체 무슨 보법이기에 저리 신묘할꼬……."

딱히 답을 듣기 위한 것은 아니었다.

그때 누군가가 작게 답했다.

"구걸십팔보입니다."

"구걸십팔보라……."

당무천은 고개를 갸웃하며 옆을 돌아봤다.

그곳에서는 광개가 빙긋 웃고 있었다.

광개는 살짝 고개를 숙이며 말했다.

"저는 개방의 광개라고 합니다. 저 팽 공자와는 의형제 사이지요."

"허, 그렇군."

그때였다.

뒤쪽에서 악비광이 다급하게 끼어들었다.

"저도 팽 공자와 의형제 사이입니다."

"저 아이가 좋은 친구들을 뒀군."

당무천의 말에 광개와 악비광이 서로를 바라봤다.

그것도 잠시, 둘은 동시에 고개를 돌렸다.

그때 당무천이 조심스럽게 물었다.

"의형제라면, 혹시 저 아이의 계획을 알고 있는가?"

말투는 아무렇지 않았지만, 당무천의 눈빛에는 기대감이 가득 차 있었다.

"어르신, 계획이라니요?"

악비광이 고개를 갸웃하며 물었다.

그 모습에 당무천이 작은 목소리로 말을 이었다.

"저대로라면 어떤 결과도 없을 수 없지 않은가? 나는 저 아이가 분명히 신호를 보내올 것이라고 생각하네."

당무천은 신묘한 움직임으로 암제를 따돌리는 한빈을 가리켰다.

한빈은 막 어둠 속으로 사라진 상태.

멀리서 일어나는 먼지를 보면 계속 도망치는 것이 분명했다.

악비광은 뒷머리를 긁적였다.

"저도 모르겠습니다."

그의 말에 당무천은 광개를 바라봤다.

"자네는 아는가?"

"저도 잘……."

광개는 말끝을 흐리며 먼지가 일어나는 곳을 바라봤다.

광개도 궁금하기는 마찬가지였다.

강호의 중심 중 하나라고 할 수 있는 천하 십대세가가 아수라장이 된 상태였다.

암제를 잡든가 죽이지 않으면 그들은 평생 뒤통수를 걱정하며 살아야 했다.

뭐, 구파일방이라고 해서 그의 손에서 무사할 것이라고는 생각하지 않는다.

저자를 잡지 못하면 중원의 정파와 사파 모두가 칼날 앞에 목을 드러내 놓고 사는 기분일 것이다.

그때 청화가 당무천의 소매를 잡아끌었다.

"할아버지."

"그래, 청화야. 왜 그러느냐?"

"언니는 공자님의 계획을 알고 있을 거예요."

청화가 힐끔 설화를 바라봤다.

시선을 받은 설화는 어색하게 웃었다.

"대체 내가 어떻게 공자님의 계획을 안다고 생각하는 거야?"

"언니는 공자님의 오른팔이잖아요. 그 증거로 우혈랑검도 가지고 있잖아요."

"아."

설화는 작게 탄성을 흘리며 오른손에 들고 있는 우혈랑검을 바라봤다.

그 모습에 청화가 작은 목소리로 다시 물었다.

"언니, 그렇지요?"

"뭐, 나한테 부탁한 게 있긴 한데……."

"그런데요?"

"비밀이야."

"앗."

청화가 입을 벌리자 설화가 어깨를 으쓱하며 고개를 돌렸다.

청화도 따라서 고개를 돌렸다.

그곳은 가주전이 있는 곳이었다.

둘을 따라서 고개를 돌린 당무천은 고개를 갸웃했다.

설화가 왜 그곳을 바라보고 있는지 이해가 안 됐기 때문이다.

가주전과 그 옆에 있는 붙어 있는 작은 별채.

바로 자신의 처소였다.

그곳을 자신보다 더 잘 아는 사람은 없을 것이었다.

그런데 왜 가주전을 바라본다는 말인가?

그때였다.

설화가 청화의 소매를 잡아끌었다.

"때가 된 것 같네, 천천히 가 보자."

"네, 언니."

청화가 기대감 가득한 표정으로 고개를 끄덕였다.

설화와 청화가 가주전 쪽으로 걸어갔다.

그 모습에 당무천의 머릿속에는 의문이 더욱 쌓여 갔다.

설화와 청화의 걸음걸이를 보면 그다지 급하지 않다는 듯 천천히 걸어가고 있었다.

당무천은 눈을 가늘게 뜨고 앞으로 일어날 일을 상상해 보았다.

그것도 잠시, 그는 고개를 저었다.

아무리 생각해도 어떤 일이 일어날지 감이 오지 않았다.

그때 제갈공민도 가주전을 바라보고 있었다.

물론 그도 당무천과 마찬가지였다.

아무리 생각해도 한빈이 어떤 일을 벌일지 감도 오지 않았다.

그때 남궁장천이 조심스럽게 물었다.

"대체 저곳에서 무슨 일이 벌어지는 것인가? 제갈 군사."

역시 모두의 관심사는 같았다.

그의 질문에 제갈공민은 작게 고개를 저었다.

"저도 잘······."

제갈공민은 말을 맺지 못했다.

가주전을 가리키는 남궁장천의 손에서 뭔가 이상한 점을 발견했기 때문이다.

제갈공민이 재빨리 물었다.

"남궁 가주님, 왜 그 먹물은 안 지우셨습니까?"

"먹물?"

남궁장천이 고개를 갸웃하다가 이내 아무렇지 않게 답했다.

"지워지지 않더군. 그건 제갈 군사도 마찬가지 아니던가?"

"네?"

눈을 크게 뜬 제갈공민은 자신의 오른손을 바라봤다.

남궁장천과 마찬가지로 손에는 먹물이 그대로 묻어 있었다.

그때 뒤쪽에서 누군가가 끼어들었다.

"잘 안 지워질걸요."

제갈공민은 고개를 돌렸다.

그곳에는 한빈의 수하인 심미호가 있었다.

먹물에 손도장을 찍게 만든 장본인이었다.

"그게 무슨 말인가?"

"그건 흑유(黑油)거든요."

흑유는 해남 땅에서나 구할 수 있는 검은 기름이었다.

게다가 값도 만만치 않은 물건.

그렇게 비싼 흑유로 손도장을 찍게 했다니?

제갈공민은 고개를 작게 흔들었다.

한빈은 적토마처럼 먼지를 일으키며 질주하고 있었다.

파바박.

한빈은 중간중간 뒤를 돌아보며 암제가 쫓아오는 것을 확인했다.

그를 보면서 한빈은 조용히 암제가 가지고 있는 내공을 계산했다.

한빈이 이렇게 그를 끌고 다니는 이유는 한 가지였다.

그것은 상대의 내공을 소모시키기 위함이었다.

경공의 고하를 논할 때 빠지지 않은 요소가 있다면 무엇이 있을까?

그것은 속도와 지구력이었다.

빠른 속도를 위해서는 필수적으로 뒷받침되어야 하는 것은 내공이다.

그렇다면 지구력은 어떠한가?

지구력도 마찬가지였다.

한빈은 일정한 시점에 내공을 모두 회복시키는 방법을 가지고 있었다.

하지만 암제는 그렇지 않았다.

절대적인 내공의 양은 암제가 많지만, 한빈은 그 차이를 메울 수 있는 수단을 가지고 있었다.

대신 한 가지 조건을 충족시켜야 했다.

그것은 암제가 그 사실을 느끼지 못해야 한다는 점이었다.

암제는 자신이 위험하다고 느끼면 언제든 이 자리를 벗어나서 숨을 것이다.

그 뒤 상황은 암제가 예고한 대로 펼쳐질 것이 분명했다.

암제에게 자신도 숨을 것이라고 선포했지만, 사실 한빈의 진심은 아니었다.

어떻게 얻은 두 번째 삶인데, 숨어서 지낸다는 말인가?

자신의 뒤통수를 치려는 인간은 절대로 살려 둘 수 없었다.

뒤통수가 근질거리는 불안한 상태로 사는 것보다는 죽음을 택할 것이었다.

물론 죽는다는 선택지는 한빈에게는 없었다.

한빈은 슬쩍 입꼬리를 올렸다.

이제 시간이 되었기 때문이다.

그 증거로 암제의 속도가 살짝 느려지기 시작했다.

만약 초반에 격장지계로 암제의 속을 뒤집어 놓지 않았다면, 구걸십팔보를 극성으로 펼치고도 따라잡힐 수도 있었다고 한빈은 판단했다.

그만큼 암제의 보법은 대단했다.

파박.

뒤쪽에서는 암제가 기세를 뿜어내며 따라오고 있었다.

암제가 원하는 것은 아마 용린검일 것이다.

뭐, 용린검을 얻는다고 해도 암제는 아무것도 알아내지 못할 것이 분명했다.

강호에서 용린검의 주인은 한빈밖에 없기 때문이다.

사실, 조금 전 깨달음으로 암제가 어떻게 살아났는지도 대충 알아낼 수 있었다.

그것은 용린검의 검집인 화룡편을 오랫동안 수중에 가지

고 있던 암제였기에 얻을 수 있는 기연이었다.

하지만 암제의 운은 그것이 마지막이 될 것이었다.

한빈은 꼭 그렇게 만들 것이라 다짐하며 담장을 뛰어넘었다.

파박!

담장을 뛰어넘은 한빈의 시야에 심미호가 파 놨던 통로의 입구가 들어왔다.

한빈은 그 입구로 두더지가 숨듯 모습을 감췄다.

사삭.

눈 깜짝할 사이에 아래쪽으로 내려온 한빈은 속으로 숫자를 셌다.

'하나, 둘……'

시간이 되자 한빈은 입구 쪽에 마련된 탁자 위에 있는 바가지를 들었다.

그리고 다른 한 손으로는 품속에서 은침을 꺼내 들었다.

바가지 속에는 심미호가 무림세가 사람들에게 손도장을 받기 위해 마련해 놓은 먹물이 담겨 있었다.

한빈은 그 바가지를 망설임 없이 뒤쪽으로 던졌다.

동시에 앞으로 손을 뻗었다.

'백발백중!'

양손에서 바가지와 은침이 양쪽으로 날아갔다.

한빈의 손을 떠난 은침이 통로를 밝히고 있는 횃불에 명중했다.

투둑, 툭.

순간, 눈앞에 보이는 횃불이 한꺼번에 꺼졌다.

암제는 아래로 내려오자마자 뭔가가 자신을 덮치는 것을 느꼈다.

하지만 그는 피하지 않았다.

얇은 호신강기를 몸에 둘렀을 뿐이었다.

"이런 가소로운……."

암제는 말을 잇지 못했다.

호신강기를 풀자 자신을 덮쳤던 액체가 옷에 달라붙었기 때문이다.

"이런 비겁한 놈!"

소리를 질렀지만, 당황하지는 않았다.

물체에서 독 기운이 느껴지지 않았고, 설령 그것이 독이라 할지라도 암제에게 문제는 되지 않았다.

죽음에서 다시 살아난 후 웬만한 독은 범접하지 못하는 만독불침에 가까운 신체를 가지게 되었다.

암제는 어둠 속을 바라보며 천천히 앞으로 나아갔다.

저벅저벅.

암제의 발걸음은 은밀함과는 거리가 멀었다.

그때 어디선가 목소리가 들렸다.

"너무 티를 내는 거 아닌가? 그러면 내가 공격하기 너무 쉽잖아."

그 목소리는 뒤에서 들리는 것 같기도 했고 앞에서 들리는 것 같기도 했다.

암제는 눈을 가늘게 뜨고 위쪽을 살폈다.

어둠 속이라서 정확하게 보이지는 않지만, 이 통로에는 비밀이 있는 것만 같았다.

몇 가지 가능성을 떠올린 암제는 씩 미소를 지었다.

암제는 천장에 작은 관이 묻혀 있다는 것을 눈치챘다.

그는 상대가 원하는 바를 대충 깨달았다.

상대의 목소리가 들린다고 해서 아무렇지 않게 대화를 하게 되면 자신의 위치만 노출시키는 법이었다.

아무리 상대가 먹잇감에 불과하다고 해도 맹수는 사냥에 신중을 기하는 법.

사실 조금 전 발소리도 상대를 유인하기 위해서 일부러 낸 것이었다.

하지만 상대는 자신의 수에 말려들지 않고 도리어 덫을 놓았다.

암제는 지금 상황이 기가 막혔다.

이건 강호에서 산전수전 다 겪은 자의 모습이었다.

겉으로 보기에는 상대는 분명히 무림 초출이 분명했다.

동창 제독으로 변장하며 상대에 대한 모든 것을 알아본 암제였다.

강호의 정보는 개방으로 모이지만, 중원의 정보는 동창으로 모인다는 소문이 있지 않은가.

동창은 강호뿐 아니라 일반 백성과 황궁의 정보까지 모두 모이는 곳이었다.

암제는 덕분에 하북팽가의 사 공자가 벌인 행적에 대해 모두 알 수 있었다.

하북 최고의 겁쟁이가 갑자기 천산혈랑을 잡고 가문에서 두각을 나타낸다라?

암제는 희미한 미소를 지었다.

하북 최고의 겁쟁이가 이렇게 성장하게 된 배경에는 분명 그 검이 있으리라 확신한 것이다.

잠시 뒤면 그 검은 자신의 것이 될 것이었다.

이렇게 좁은 통로로 자신을 유인한 것은 분명 상대의 자충수였다.

자신이 왜 암제라 자칭했는지 알고 있다면 누구도 이런 악수를 두지는 않았을 것이다.

암제는 일 년의 반을 캄캄한 통로에서 생활했었다.

누구보다도 어둠에 익숙한 것이 자신이었다.

암제는 입꼬리를 올리며 만월을 움켜잡았다.

저벅저벅.

암제는 일부러 발소리를 내며 통로를 걸었다.

뚝. 뚝.

가끔 물방울 떨어지는 소리가 들린다.

계속 어둠 속을 걷던 암제가 눈을 가늘게 떴다.

미세한 기척을 느꼈기 때문이다.

그때 다시 목소리가 들려왔다.

"진짜 대범하군."

그 말에 암제는 고개를 들어 천장을 바라봤다.

분명 천장을 타고 온 소리였다.

암제는 위쪽을 바라보며 입을 열었다.

"호랑이가 소리를 죽이는 걸 봤느냐? 아이야."

순간 암제의 목소리가 통로 전체에 울렸다.

암제의 예상이 맞았다.

내공에 실어 천장으로 목소리를 쏘아 내자 통로 전체에 그의 음성이 울렸다.

"호랑이도 먹잇감을 사냥할 때는 소리를 죽이지."

"내가 너를 사냥하는 것으로 보이느냐?"

"지금 착각하는 것 같은데, 호랑이는 나고 너는 토끼야."

말을 마친 한빈은 다시 기척을 지웠다.

암제는 희미한 웃음을 지었다.

드디어 찾아낸 것이었다.

암제는 기척이 아니라 미세한 소리를 감지해 낸 것이다.

암제는 만월을 그쪽으로 날렸다.

휙!

만월이 파공성을 내며 통로를 가로질렀다.

용린검 역시 어둠을 갈랐다.

챙!

만월은 날아올 때보다 더 빠른 속도로 암제의 손에 돌아갔다.

어둠 속이지만 서로의 위치가 확인된 상태.

암제는 입맛을 다셨다.

"쩝."

그 소리에 건너편에 있던 한빈이 답했다.

"용케 찾았네. 그런데 거기까지."

말을 마친 한빈이 손가락을 튕겼다.

딱.

그 소리는 그 어느 때보다도 더 크게 울렸다.

한편 담장을 넘어선 설화는 입구를 바라봤다.

그러고는 조용히 어디론가 걸어갔다.

그곳에는 탑이 있었다.

설화는 우혈랑검을 들고 탑을 우두커니 바라봤다.

그때였다.

설화의 뒤에서 발소리가 울려 퍼졌다.

터벅터벅.

발걸음의 주인공은 제갈공민과 남궁장천이었다.

뒤를 이어 당무천도 도착했다.

자신이 기거하던 처소의 뒤뜰을 본 당무천은 눈을 크게 떴다.

"대체 여기에……."

"우리가 저곳을 통해 탈출했습니다. 이렇게 놀라시는 걸 보니 미리 밖으로 피신해 있었겠군요."

"허, 그러네. 내 처소 뒤로 통로가 연결되어 있었다니 상상도 못 했네그려."

당무천이 신기한 듯 자신의 뒤뜰에 뚫린 구멍을 바라봤다.

당무천은 조용히 고개를 돌려 청화를 바라봤다.

한빈이 자리에 없기에 자신의 손녀인 청화를 바라본 것이었다.

자신의 뒤뜰에 생긴 통로를 보자, 하북팽가의 사 공자가 천기를 읽는 것은 아닌지 하는 의문이 들었기 때문이다.

천기를 읽지 않고서야 이렇게 철저하게 준비할 수는 없는 일이었다.

이곳부터 사천당가의 담장 너머까지 통로를 만들려면 말도 안 되는 돈과 노력이 들었을 터였다.

그것은 오늘의 혈겁이 반드시 일어나리라 예상했기에 행한 일일 것이다.

당무천은 다시 시선을 돌렸다.

그곳에 당기명이라는 이름의, 남장을 한 채 살아온 또 다른 손녀가 있었다.

이제는 당기명이라는 이름을 버리고 당세령이라는 본명으로 돌아왔다.

거기에 남장이 아닌 본연의 모습을 드러내고 있었다.

당무천은 조용히 당세령에게 다가가며 통로의 입구를 바라봤다.

그는 한빈이 무사히 저곳에서 나오면 어떻게든 자신의 손녀인 당세령과 엮어 주리라 결심했다.

그것이 사천당가가 대대손손 강호에 이름을 남길 수 있는 길이라 확신했다.

당무천이 엉뚱한 상상을 하고 있을 때, 설화의 주변에는 어느새인가 십대세가의 고수들이 모여 있었다.

그중 제갈공민이 설화에게 다가가 물었다.

"여긴 우리가 탈출했던 그 통로가 아니더냐?"

"네, 맞아요. 공자님은 저 안쪽에 있어요."

"안쪽에 있다라……."

제갈공민은 눈을 크게 떴다.

한빈의 의도가 무엇인지를 알 것 같았기 때문이다.

제갈공민은 옆을 바라봤다.

그곳에서는 남궁장천이 눈을 빛내고 있었다.

남궁장천은 암제를 잡는 데 누구보다도 더 적극적이었다.

남궁장천은 적에게 가문의 반을 잃었다고 생각하고 있었다.

반이 아니라 그보다 더 큰 피해를 입었을 수도 있었다.

무가지회에 따라온 가문의 반이 배신자였다.

남아 있는 자 중에 더 많은 배신자가 있을 수도 있었다.

제갈공민이 은밀한 표정으로 자신을 바라보자, 남궁장천은 그에게 귀를 갖다 댔다.

제갈공민의 이야기를 들은 남궁장천은 조용히 나머지 고수들에게 그의 말을 전달했다.

서로 귓속말을 주고받은 그들은 기척을 죽이며 통로를 에워싸기 시작했다.

사사─삭.

그들은 통로를 중심으로 합격진을 짜고 만일에 대비했다.

합격진이 갖춰지자 그들은 조용히 병장기를 뽑아 들었다.

스릉.

휘릭.

하지만 살기만은 드러내지 않았다.

기척과 살기는 철저히 감추면서, 동시에 암제가 저곳에서 나오면 공격할 준비를 하고 있었다.

멀리서 그 모습을 보던 설화가 고개를 갸웃했다.

"저 아저씨들 지금 뭐 하는 거지?"

"합격진을 짜고 있잖아요."

"저기는 위험한데……."

"왜 위험해요?"

청화가 고개를 갸웃했다.

그때였다.

설화가 눈을 가늘게 떴다.

발밑에서 미세한 소리가 들려왔기 때문이다.

남들은 못 듣더라도 설화만은 들을 수 있었다.

딱 하고 통로 전체에 울려 퍼지는 손가락 튕기는 소리를 말이다.

남들이 들을 때는 똑같은 것 같은 단조로운 소리지만, 설화는 한빈이 손가락 튕기는 소리를 철저히 구분할 수 있었다.

지금의 소리는 분명히 지시를 내리고 있었다.

"이제 잘라야겠네."

"뭘 잘라요?"

청화가 고개를 갸웃할 때 설화는 우혈랑검에 진기를 불어 넣었다.

스스슥.

순식간에 우혈랑검에 검기가 일렁였다.

설화는 나지막이 말했다.

"파혼검 제구식."

그 말과 함께 설화는 우혈랑검을 바닥에 찔러 넣었다.

순간 바닥이 흔들거리며 청화가 휘청였다.

설화는 재빨리 청화를 잡고 그곳에서 열 걸음 뒤로 몸을 날렸다.

휘릭.

설화는 착지하는 동시에 외쳤다.

"다들 조심하세요!"

제갈공민은 다급하게 설화를 바라봤다.

"대체 지금 무슨 일이……."

하지만 말을 맺지 못했다.

바닥이 꺼지는 듯한 착각이 들었기 때문이다.

그것은 착각이 아니었다.

휘청.

제갈공민뿐이 아니었다.

모든 세가의 고수들이 눈을 크게 떴다.

하지만 입구에서 떠나지는 않았다.

당장이라도 암제가 통로를 빠져나올 수도 있기 때문이었다.

그때 제갈공민의 눈에 기괴한 풍경이 들어왔다.

달이 반으로 갈라지는 듯한 풍경.

이번에는 착각이었다.

달이 갈라지는 것이 아니라 무언가가 입구 쪽을 덮치고 있었다.

제갈공민이 외쳤다.

"다들 피하시오!"

그들도 그제야 고개를 돌렸다.

그들을 향해 날아오는 것은 거대한 십 층 석탑이었다.

그 석탑이 기울어지며 일도양단의 기세로 입구 쪽을 덮치고 있었다.

문제는 그것만이 아니었다.

후두둑.

바닥이 무너지기 시작했다.

제갈공민을 비롯한 십대세가의 고수들은 재빨리 자리를 벗어났다.

쿠르릉.

마지막 굉음과 함께 사방으로 먼지와 파편이 비산했다.

파파팍.

먼지가 걷히자 제갈공민은 재빨리 설화에게 달려갔다.

"대체 무슨 일이냐?"

질문은 제갈공민만 했지만, 다른 이들도 궁금하다는 듯 모두 설화를 바라보고 있었다.

모든 사람의 시선을 받은 설화가 멋쩍게 웃었다.

"헤헤, 다들 왜 그렇게 보세요?"

"물어볼 사람이 너밖에 없으니 그렇단다."

"공자님이 그러셨어요. 두더지를 잡으려면 입구를 막는 게 가장 좋은 방법이라고요."

"입구를 막는다라……. 그건 병법과 일치하는구나. 그런데 안에 들어가 있는 팽 공자는 어떻게 한단 말이냐?"

제갈공민은 눈을 가늘게 뜨며 설화에게 대답을 재촉했다.

그도 그럴 것이, 이곳이 막히면 나올 곳은 없었다.

그들이 빠져나온 반대쪽 통로는 진작에 막았다.

적들이 그곳으로 나와서 역습할 것을 방지하기 위함이었다.

아무리 생각해도 한빈이 암제를 가두고 그곳을 빠져나올 방법이 떠오르지 않았다.

그곳을 지나오며 그는 혹시 다른 출구가 있는지를 면밀히 살폈었다.

하지만 그곳에 다른 샛길은 없었다.

출구는 오로지 이곳과 사천당가 담장 너머 막힌 구멍뿐이었다.

생각을 이어 나가던 제갈공민의 눈이 한계까지 커졌다.

"그렇다면 무림세가를 구하기 위해 자신을 희생해서……."

그의 말에 무림세가 사람들이 술렁이기 시작했다.

"하북팽가의 사 공자가 우리를 위해 목숨을 바쳤다는 말인가?"

그는 황보만청이었다.

그의 말에 팽대위가 다급하게 무너진 입구 쪽으로 달려갔다.

"한빈아!"

뒤쪽에 울리는 굉음 덕분에 한빈은 암제의 간격에서 벗어날 수 있었다.

하지만 암제와 일정 거리를 유지하고 있었다.

한빈이 자신이 사냥꾼이라고 한 것은 진심이었다.

이 어둠 속에서 진정 유리한 자는 과연 누굴까?

어둠 속에서 유리한 것은 분명히 자신이었다.

어둠 속에서의 시각도.

그리고 가장 중요한 감각인 후각도.

모든 것이 자신이 위였다.

하지만 지금은 그 감각이 모두 필요가 없었다.

한빈은 눈으로 직접 암제의 위치를 확인할 수 있었다.

바로 암제의 등에서 일렁이는 구결 덕분이었다.

천급 구결은 어두운 숲속의 반딧불이처럼 통로 속에서 빛나고 있었다.

한빈은 오늘 반드시 암제를 처리할 생각이었다.

거기에 더해 한빈이 취해야 할 것이 있었다.

암제에게서 일렁이고 있는 천급 구결이었다.

한빈은 기척을 죽이고 암제를 향해 다가갔다.

암제가 무림세가의 주요 인물에 대해 암살을 할 것을 선포했지만, 오늘만큼은 한빈이 살수가 되어야 했다.

한빈은 재빨리 구결을 떠올렸다.

'구결십팔보.'

시간이 다 된 구결십팔보를 보충하고.

'전광석화.'

'일촉즉발.'

한빈의 몸이 화살처럼 일직선이 되었다.

순간 용린검의 끝이 눈 깜짝할 사이에 암제의 등과 가까워졌다.

휙.

마치 화살이 날아가듯 대기를 가르며 한빈이 날았다.

팍!

순간 암제가 돌아섰다.

챙!

만월로 한빈의 용린검을 막아 낸 암제.

한빈은 재빨리 뒤쪽으로 한 걸음 물러난 뒤 초식을 바꾸었다.

'성동격서.'

휙!

한빈의 용린검이 암제의 허리를 노리고 들어갔다.

챙!

암제가 아무렇지 않게 만월로 튕겨 내자 한빈이 눈을 가늘게 떴다.

성동격서를 막았다는 것은 암제의 무위가 한빈보다 위라는 증거였다.

하지만 상대의 무위가 높아도 성동격서를 계속 펼치게 되면 다섯 번에 한 번은 적중시킬 수 있다.

문제는 성동격서 한 번에 오 년의 공력이 필요하다는 점이었다.

성동격서로 상대를 꺾는다고 할지라도 목숨이 끊어지면 천급 구결은 물 건너갈 수밖에 없었다.

한빈은 재빨리 뒤로 세 걸음 물러나 초식을 바꾸었다.

'쾌검난마.'

마(魔)를 상대로는 두 배 더 강한 검술을 펼칠 수 있는 용린검법의 초식.

문제는 암제에게서는 마기가 느껴지지 않는다는 점이었다.

그렇다면 왜 이 초식을 택했을까?

그것은 한빈의 본능이었다.

챙! 챙!

암제는 계속 한빈의 공격을 막아 냈다.

하지만 한빈은 실망하지 않았다.

이것은 한빈이 원하는 방식의 싸움이었다. 암제는 이미 어느 정도 내공을 소모한 상태.

퇴로가 막힌 상태에서 이렇게 공방을 주고받다 보면 나가떨어지는 것은 암제가 될 터였다.

한빈은 편안히 구결을 획득하고 암제를 골로 보내면 되었다.

공격을 이어 나가던 한빈은 고개를 갸웃했다.

쾌검난마를 쓰자 공격이 더 수월해졌기 때문이다.

그렇다면 암제가 설마 마교와?

챙, 챙.

한빈은 본능적으로 끊임없이 공격을 이어 나갔다.

*

위쪽에서 합격진을 이루고 있던 십대세가의 고수들은 망연자실 바닥을 바라봤다.

그들 중 제갈공영은 땅이 꺼져라 한숨을 쉬었다.

"휴……."

그 한숨이 끝나기도 전에 그는 몸을 기울였다.

그러고는 바닥에 귀를 갖다 댔다.

하지만 들리는 것은 없었다.

아래쪽 통로의 깊이가 꽤 깊다는 증거였다.

귀를 갖다 댔던 제갈공영은 자리에서 일어나 조용히 하늘을 바라봤다.

"왜 세상은 영웅을……."

그는 말을 맺지 못했다.

자신의 말이 혹여나 씨가 될 것을 두려워해서였다.

그가 생각하기에 제갈세가는 한빈에게 빚을 너무 졌다.

이번까지 치면 벌써 세 번의 은혜를 입었다.

하북팽가의 사 공자는 분명 동귀어진할 생각으로 저곳에 암제를 끌어들였을 것이다.

그런데 제갈세가의 가주인 자신이 해 줄 것이 아무것도 없다니!

제갈공영은 문득 자신이 먼지만도 못하게 느껴졌다.

한참 동안 하늘을 바라보던 제갈공영은 자신의 검을 높이 치켜올렸다.

휙.

그 모습에 다른 무림세가의 고수들이 고개를 갸웃했다.

제갈공영은 검을 높이 든 상태에서 외쳤다.

"우리 제갈세가는 하북팽가에 은혜를 입었소이다! 그 은혜를 평생 갚을 것을 천지신명께 이 검을 걸고 맹세하겠소이다!"

그 말에 다른 무림세가 사람들의 눈이 커졌다.

그냥 커진 것이 아니다.

그들의 눈에는 살짝 물기가 감돌았다.

생각해 보면 금선과의 결전에서 모두는 죽을 운명이었다.

그때 혜성처럼 나타난 것이 바로 하북팽가의 사 공자였
다.

그런데, 지금 또 빚을 지게 되었다.

그때 산동악가의 악소천도 창대를 높이 들었다.

"우리 악가도 하북팽가에 은혜를 입었소이다. 그 은혜는
꼭 갚도록 하겠소. 나도 천지신명께 맹세하는 바입니다."

그때 그의 아들 악비광이 악소천의 소매를 잡아끌었다.

그러고는 낮은 목소리로 말했다.

"아버님, 너무 쉽게 약속하시는 건 아닌가요?"

"은혜를 입은 것은 사실이고……. 사 공자가 저 아래에서
운명한 것도 분명하지 않느냐? 누군가가 내게 그런 은혜를
베풀었는데, 어찌 정파의 일원으로서 동참하지 않을 수 있
느냐?"

"사 공자는 멀쩡할 겁니다. 그건 제가 맹세합니다."

"멀쩡했으면 좋겠구나."

"그 인간은 그렇게 쉽게 당하지 않을 겁니다."

말을 마친 악비광은 슬쩍 고개를 돌려 광개를 바라봤다.

광개는 고개를 끄덕인다.

"아우 말이 맞소. 팽 공자는 분명히 살아 있을 것이오. 차

라리 강호가 사라진다고 하는 것을 믿지, 그 인간이 죽는다는 건 믿지 못하겠소."

말을 마친 광개는 굳게 입을 다물었다.

그때였다.

어디선가 바람이 불어왔다.

휘릭.

그 바람과 함께 신형 하나가 나타났다.

광개는 재빨리 고개를 돌렸다.

그곳에는 홍칠개가 눈썹을 파르르 떨며 광개를 바라보고 있었다.

광개는 재빨리 다가가 홍칠개에게 포권했다.

"어르신, 오셨습니까?"

"대체 어찌 된 일이냐? 내 제자는 어디에 있느냐?"

"그게⋯⋯."

광개는 말끝을 흐렸다.

솔직하게 말했다가는 사달이 날 것 같아서였다.

하지만 그러면 그럴수록 홍칠개의 얼굴을 일그러져 갔다.

"빨리 말하지 않으면 너는 평생 나와 같이 다녀야 할 것이야."

그 말에 광개의 눈이 커졌다.

광개에게는 최고로 두려운 말이었다.

만약에 홍칠개의 옆을 따라다니게 된다면?

신입 개방도가 된 것이나 다름없었다.

밤낮으로 홍칠개의 시중을 들어야 하며, 험한 일은 모두 광개의 차지가 될 것이 분명했다.

광개는 재빨리 입을 열었다.

"어르신, 그러니까…….”

광개의 설명에 홍칠개의 얼굴이 일그러졌다.

홍칠개는 무림세가 고수들을 바라봤다.

"무림 동도 여러분, 내 할 말이 있소.”

홍칠개의 말에 모두가 고개를 돌렸다.

모두의 시선이 모이지 홍칠개가 미간을 좁히며 말을 이었다.

"강호에서 칼밥 좀 먹었다는 분들이 이게 무슨 경우인가? 새파랗게 젊은 아이가 목숨을 걸고 저기에 뛰어들 동안 보고만 있었다는 것이 이해가 안 되는군. 이게 강호의 도리인가?”

"……."

홍칠개의 질문에 답할 수 있는 이는 아무도 없었다.

그 누구도 고개를 들지 못했다.

홍칠개는 계속 말을 이었다.

"그러고도 정파를 자처할 셈인가? 정파가 사파와 다른 점이……. 아니 나은 점이 하나라도 있으면 말해 보게.”

홍칠개는 어딘가를 힐끔 바라봤다.

그곳에는 한빈의 초대로 온 사파의 독고진이 있었다.

독고진은 자신도 모르게 헛기침을 했다.

"흠."

홍칠개의 시선을 받은 독고진은 눈을 어디에 둘지 몰랐다.

사실 그가 한 번도 나서지 않은 것은 한빈의 부탁 때문이었다.

그저 증인으로만 있어 달라는 것이 한빈의 부탁이었다.

그런데 홍칠개의 말을 듣다 보니 그도 찔리는 구석이 있었다.

강호에서 칼밥 좀 먹었다는 자 중에는 자신도 속해 있었다.

거기에 그냥 팔짱을 끼고 구경만 한 사람 중에도 끼어 있었다.

그때였다.

너도나도 병장기를 높이 들었다.

이제까지 맹세를 하지 않았던 자들이 모두 맹세를 시작했다.

"……천지신명께 약속드립니다."

"우리……."

여기저기서 울려 퍼지는 천지신명을 향한 서약.

독고진은 자신도 모르게 검을 높이 들었다.

그러고는 맹세를 시작했다.

그 모습에 홍칠개는 고개를 끄덕였다.

사실 홍칠개는 제자가 걱정된 것은 맞지만, 이토록 화가 나지는 않았다.

그렇다면 그가 일장 연설을 늘어놓은 것은 왜일까?

모두 제자인 한빈에게서 배운 것이었다.

한빈은 당길 수 있을 때 확 당겨야 한다는 교훈을 일깨워 주고는 했다.

그것은 물 들어올 때 노를 저으라는 강호의 속담과도 일치하는 것이었다.

홍칠개는 한빈이 한 번에 기회를 당길 수 있게 도움을 준 것이었다.

목숨을 걸고 대표로 나섰으면 이 정도의 대가는 받아야 한다고 생각했다.

그때 광개가 홍칠개의 곁으로 다가왔다.

"어르신, 저도 찍었습니다."

"찍다니 그게 무슨 말이냐?"

"손도장을 찍었습니다."

"손도장?"

"여기 보십시오."

광개는 문서 하나를 내밀었다.

그 문서를 본 홍칠개는 눈을 가늘게 떴다.

그것은 노예 계약서와 다름없는 불공정 계약의 표본이었다.

"대체 이것이 무엇이냐?"

"팽 공자가 통로를 지나가는 값으로 모두에게 이 각서를 받았습니다."

"흠, 그런데 너는 나중에 도착하지 않았느냐?"

"여기서 결전을 구경하는 조건으로 찍었습니다."

광개는 힐끔 어딘가를 바라봤다.

그곳에서는 심미호가 활짝 웃고 있었다.

홍칠개는 한숨을 쉬었다.

"휴."

"왜 그러십니까? 어르신."

"아니다."

홍칠개는 손을 내저었다.

홍칠개는 자신이 제자를 너무 만만히 봤다는 것을 인정해야 했다.

자신의 제자인 한빈은 홍칠개가 챙겨 주지 않아도 알뜰살뜰 미리 자신의 몫을 챙기고 있었다.

홍칠개는 조용히 무림세가 고수들을 바라봤다.

한결 편안해진 얼굴을 하고 있었다.

그들은 홍칠개가 일침을 놓기 전부터 마음의 짐을 지고 있었던 것이 분명했다.

그 짐 중 일부를 덜어 낼 기회를 준 것이 바로 홍칠개의 일장 연설이고 말이다.

그것도 잠시, 모두는 하늘을 바라봤다.

그들은 하나같이 병장기를 경건하게 잡고는 입술을 달싹이고 있었다.

천지신명께 한빈이 무사하기를 비는 모습이었다.

암제는 상대에게 묘하게 말려드는 것을 느꼈다.

자신은 후각과 청각만으로 상대의 공격을 받아 내고 있었다.

그런데 상대는 마치 자신을 보고 공격하는 것만 같았다.

고개를 갸웃한 암제는 한 가지 방법을 생각했다.

동시에 뒤쪽으로 한 걸음 물러났다.

갑자기 뒤로 물러난 암제 덕분에 잠시 병장기 부딪치는 소리가 멈췄다.

뒤로 물러난 암제의 모습에 한빈은 고개를 갸웃했다.

그때였다.

암제의 왼손에서 불꽃이 일어났다.

화르륵.

그것은 삼매진화의 수법.

극양의 기운으로 불꽃을 일으킨 것이다.

그 불꽃 덕분에 주위가 환해졌다.

암제는 드디어 한빈의 얼굴을 볼 수 있었다.

그들은 불과 다섯 걸음 정도를 사이에 두고 마주 보고 있었다.

한빈을 바라보던 암제가 고개를 갸웃했다.

상대가 웃고 있었기 때문이었다.

피할 수도 없는 공간에서 서로 마주 보고 있다면 유리한 것은 분명히 자신이었다.

그런데 상대가 웃고 있다고?

그 웃음은 더욱 진해졌다.

암제는 이 승부를 빨리 결정짓기로 했다.

그가 만월을 앞으로 뻗었을 때였다.

삼매진화의 수법으로 지속하고 있던 왼손 위의 불꽃이 갑자기 거세졌다.

"이게 대체……."

암제는 말을 잇지 못했다.

투두둑.

마치 기름을 만난 불꽃처럼 왼손에서 불이 붙었다.

화르륵.

이건 삼매진화의 수법으로는 일으킬 수 없는 불꽃이었다.

문제는 불꽃이 점점 번진다는 것이다.

암제는 이게 무슨 조화인지 알 수 없었다.

순간 한빈이 암제가 일으키는 불꽃을 비집고 달려들었다.

상대의 검이 정확히 심장을 노린다.

암제는 재빨리 만월로 상대의 검을 쳐 냈다.

휙.

암제가 눈을 가늘게 떴다.

만월이 허무하게 허공을 스쳤기 때문이다.

순간 뒤쪽에서 예기를 느낀 암제가 재빨리 호신강기의 범위를 넓혔다.

촤르륵.

순간 피어나는 무형의 기세.

팅!

한빈의 용린검이 암제의 호신강기에 튕겨 나갔다.

암제는 재빨리 몸을 돌렸다.

그때였다.

화르륵.

불꽃이 점점 거세진다.

암제는 재빨리 호신강기로 불꽃을 감쌌다.

촤르륵.

하지만 불꽃은 줄지 않았다.

그의 상체가 기름 끓는 소리를 내며 타고 있다.

지글지글.

암제는 자신의 상태를 다급하게 살폈다.

강렬한 불꽃 덕분에 자신의 상태를 살피는 것은 그리 어렵지 않았다.

호신강기로 불을 감싸면 화력은 힘을 잃기 마련이다.

그런데 묘하게도 불꽃은 자신의 옷을 지글지글 태우며 피부로 옮겨 가고 있었다.

그 모습에 뒤로 물러난 한빈이 피식 웃으며 말했다.

"영감, 내가 이번에는 돈 좀 썼어."

"돈이라······."

"영감이 묻어 둔 돈이 좀 있더라고."

"설마······."

"그래. 그 돈으로 해남에서 난다는 흑유를 좀 많이 사 왔지. 영감 몸에 듬뿍 발라 준 게 해남의 특산물이야."

순간 암제의 기세가 전과는 달라졌다.

그나마 유지하고 있던 이성의 끈이 끊어진 것이다.

그는 자신의 피부가 타는 것도 잊고 한빈을 노려봤다.

해남에서 난다는 흑유가 얼마나 비싼지는 알고 있었다.

진시황이 주먹만 한 호리병에 든 흑유로 삼천 병사들이 이동하는 길을 사흘 동안 밝혔다는 일화가 있다.

흑유는 그 정도의 화력을 지닌 물건이었다.

암제는 호신강기를 자신의 살갗으로 집중했다.

지글지글.

흑유는 호신강기 위에서 소리를 내며 타올랐다.

어찌나 불꽃이 강렬한지 암제의 상의는 벌써 한 줌 재가 되었다.

"네놈은 기회를 잃었다."

"무슨 기회?"

"편히 죽을 기회 말이다."

"어차피 영감은 나한테 비밀을 알아내야 하잖아. 그 비밀을 알아내려면 내 목숨은 붙여 둬야 할 거고. 그런데 무슨 편하게 죽여 준다고 선심 쓰는 척하고 있어? 날 잡으면 어차피 고문할 거잖아."

"흠, 잘 알고 있군."

"나도 영감을 잡으면 고문을 할 거거든. 금선도 목이 달아났고 지금은 잔당이 어디 있는지 토설할 만한 사람이 영감 하나잖아. 서로 피차일반이니 그렇게 미안해하지 않아도 돼."

말을 마친 한빈이 등에서 검 하나를 잡았다.

오른손에는 용린검, 왼손에는 월아를 든 상태.

한빈은 재빨리 초식을 떠올렸다.

'부창부수.'

용린검을 든 손으로는 기본적인 용린검법의 초식을 펼치고 다른 손으로는 하북팽가의 절기인 오호단문도를 떠올렸다.

순간 용린검과 월아가 서로 공명을 한다.

위이잉.

양손에 검을 든 한빈의 모습에 암제가 흥미롭다는 듯 입맛을 다셨다.

"음, 재미있는 아이구나."

말을 마친 암제는 눈을 빛냈다.

동시에 묘한 일이 일어났다.

암제를 뒤덮고 있는 불꽃의 형태가 변했다.

이전에는 불꽃이 자연스럽게 일렁이던 모습이었다면, 지금은 호신강기처럼 암제의 몸을 감싸고 있었다.

순간 한빈은 눈을 가늘게 떴다.

"대체 어떻게……."

그 모습에 암제가 빙긋 미소를 지었다.

"화(火)의 기운이 필요한 내게 그 기운을 전해 줬으니 너를 칭찬해 주고 싶구나. 덕분에 단전에 기운이 차오르는구나. 내가 왜 화룡편을 들고 다녔다고 생각하느냐?"

"화의 기운이라……."

한빈은 눈을 가늘게 뜨며 암제를 관찰했다.

한빈이 파악해야 할 것은 하나였다.

그것은 허세이냐, 아니냐였다.

한빈은 조용히 고개를 끄덕였다.

불꽃이 암제의 단전과 공명하고 있는 것은 사실이었다.

하지만 기운이 차오르는 속도는 미미했다.

쉽게 말하면 물레방아가 돌기 직전인 것이다.

물레방아에 물이 떨어지면 처음에는 천천히 돌다가 일정 궤도에 올라야 정상 속도를 찾는다.

암제의 혈맥이 흡수하는 화의 기운은 물과 같은 역할을 하는 것 같았다.

이대로 시간이 지나면 암제는 소모했던 내공을 모두 회복할 터.

한빈은 지금 둘 중의 하나를 선택해야 했다.

미리 만들어 놓은 비밀 통로로 피하든지.

아니면 하나 남은 천급 구결을 위해서 암제와 한판 붙든지 말이다.

만약 후자라면 반 시진 안에 승부를 봐야 했다.

시간이 가면 갈수록 한빈에게는 불리하니 말이다.

한빈은 재빨리 달려들었다.

'일촉즉발!'

용린검이 푸른 검기를 뿜내며 암제에게 달려들었다.

챙!

암제가 아무렇지 않게 용린검을 튕겨 내자 이번에는 월아가 암제의 목을 노리며 예기를 빛냈다.

챙! 챙!

암제의 몸에서 피어나는 불꽃보다도 강렬한 빛이 둘 사이에 쉴 틈 없이 피어났다.

그때였다.

암제가 나지막이 외쳤다.

"네 목숨을 앗아 갈 초식을 말해 주마!"

"고맙네, 영감."

"화룡난화!"

순간 암제의 단전에 있던 진기가 그의 만월로 빨려 들어갔다.

동시에 모든 불꽃도 암제의 손끝으로 모였다.

암제는 뒤로 물러나며 만월을 날렸다.

만월이 먹이를 발견한 맹수처럼 한빈을 향해 달려들었다.

챙. 챙.

한빈은 만월을 쳐 내며 암제에게 뛰어들었다.

한빈은 암제가 이번 수법을 왜 '화룡난화'라고 했는지 알 수 있었다.

용이 만들어 낸 꽃잎이 앞을 빽빽하게 막고 있다.

무림의 고수들에게 최선의 방어가 무엇이냐를 물어보면 백이면 백 공력이라고 말한다.

빈틈없는 공격 덕분에 한빈이 공격이 들어갈 틈이 없어졌다.

픽!

한빈의 왼쪽 어깨에 작은 자상이 생겼다.

픽!

한빈의 허벅지에도 작은 혈선이 생겼다.

한 개의 만월이 마치 만 개의 검날처럼 보이는 것이 화룡난화의 초식.

하지만 한빈은 물러서지 않았다.

살갗이 갈라지는 상처 정도는 별것이 아니라는 듯 깊게 들어오는 공격만 쳐 내며 암제를 향해 나아갔다.

하지만 가랑비에 옷이 젖는 법이 아니던가!

한빈의 붉은 무복은 더욱 붉은 혈색으로 물들었다.

그 모습에 암제는 눈을 가늘게 떴다.

한빈의 모습이 이해가 안 되었기 때문이다.

화룡난화의 초식에는 약점이 있었다.

그것은 바로 범위였다.

일정 범위를 벗어나서 기다리는 적에게는 무용지물이었다.

본래 암제는 상대를 물린 후 시간을 벌려고 했다.

시간만 있다면 내공을 모두 회복한 다음에 단숨에 상대를 박살 낼 방법이 있기 때문이었다.

그런데 상대는 소나기처럼 쏟아지는 검기에도 아무렇지 않게 걸어오고 있었다.

지난번에는 그래도 몸을 사렸는데 지금은 전혀 다른 모습을 보이고 있었다.

암제는 저런 미친놈은 처음 봤다.

대체 무엇을 위해서 몸을 던진다는 말인가?

무림을 위해서?

아니면 가문을 위해서?

이제까지 상대한 것으로 보아, 놈은 강호의 도리와는 거리가 먼 놈이었다.

암제는 한빈이 이리 물러나지 않고 달려드는 이유가 궁금했다.

그는 자신의 목을 노리고 악귀처럼 달려드는 상대를 의심 가득한 눈으로 바라봤다.

하지만 그것은 암제의 착각이었다.

한빈은 오직 한 점만을 바라보고 있었다.

그것은 암제의 목이 아니었다.

바로 천급 구결이었다.

저 구결만 있으면 암제와의 정면 승부에도 밀리지 않으리라는 것이 한빈의 예상이었다.

픽! 픽!

한빈의 온몸에 비집고 들어오는 검날의 향연.

그때였다.

한빈의 신형이 허공에서 갈기갈기 찢겼다.

휙, 휙. 파팍.

암제가 눈을 크게 떴다.

악귀처럼 눈을 뜨고 자신을 향해 달려오던 상대가 갑자기 힘을 잃고 갈기갈기 찢어지는 모습은 상상도 할 수 없었다.

그때였다.

픽!

암제의 등이 따끔했다.

암제는 재빨리 허공에서 무수히 많은 꽃 모양의 검기를 만들어 내는 만월을 회수했다.

만원을 잡은 암제는 재빨리 뒤를 돌았다.

그러고는 만월로 아래를 내리쳤다.

만월이 머금고 있던 화룡난화의 기운이 한곳으로 몰렸다.

팡!

만월이 지나간 자리에는 큰 구덩이가 생겼다.

암제는 재빨리 왼손으로 다시 삼매진화의 불꽃을 일으켰다.

왼손에 남아 있던 흑유에 불이 붙자, 그의 왼손은 횃불이 되었다.

큰 구덩이 안은 휑했다.

그렇다면? 암제는 조금 더 뒤쪽을 바라봤다.

그곳에는 누군가 검에 묻은 피를 털어 내고 있었다.

착.

그러고는 암제를 향해서 손을 흔들었다.

암제는 황당한 듯 상대를 바라봤다.

상대는 상의를 벗어젖힌 채 보따리를 등에 메고 있었다.

한빈이 사용한 방법은 금선탈각이었다.

한빈은 금선탈각의 수법으로 만월이 만들어 낸 꽃 모양의 검기를 아무 저항 없이 지나올 수 있었다.

대신 상의는 만월이 만들어 낸 **빽빽한** 검기에 천 갈래 만 갈래 찢어졌다.

금선탈각과 반박귀진의 수법이 암제로 하여금 등을 내주
게 만들었던 것.
　　암제는 자신의 등 뒤에서 흐르는 뜨끈한 핏물을 느낄 수
있었다.
　　암제는 이를 악물었다.
　　자신을 비웃듯 한빈이 묘한 웃음을 짓고 있기 때문이다.
　　물론 그것도 암제의 착각이었다.
　　한빈은 암제를 보고 웃고 있던 것이 아니었다.

　　[천급 초식 역지사지(易地思之)를 획득하셨습니다. 역지사지는 이화접
목의 수법인 자승자박의 상위 초식입니다. 이화접목은 상대의 힘을 이용
해서 상대를 누르는 수법입니다. 공격의 네 배를 상대에게 돌려줍니다.
역지사지는 공격을 돌려줌과 동시에 상대의 초식을 분석할 수 있습니다.
다만, 열두 시진에 한 번 펼칠 수 있습니다. 필요 공력 오십 년.]

　　한빈이 웃고 있던 이유는 천급 초식이 완성되었기 때문이
다.
　　한빈의 눈썹이 반달 모양이 되었다.
　　정말 천급 구결다운 초식이었다.
　　상대의 공격의 네 배를 돌려준다라?
　　어떤 고수가 쓰러지지 않겠는가?
　　그것도 잠시, 한빈은 고개를 저었다.

이 천급 구결은 때에 따라서 무용지물이 될 수도 있었다.

그 이유는 간단했다.

적이 만약 일 할도 안 되는 힘으로 공격해 온다면?

되돌려 줄 힘이라고 해 봤자 사 할에 불과하다.

한빈은 암제를 보며 눈을 가늘게 떴다.

꼭 힘으로 암제를 제압할 필요는 없었다.

한빈은 차선책을 택하기로 하고 암제를 향해 손을 흔들었다.

"나중에 보자고."

"네놈……."

암제는 말을 맺지 못했다.

한빈이 시야에서 사라졌기 때문이다.

순간 암제는 이를 악물었다.

세상에 태어난 이후 이렇게 분했던 적은 없었다.

황위를 앞에 두고 배신당할 때보다도 더 분했다.

암제는 모든 내공을 다리에 집중했다.

그러고는 왼손을 앞으로 뻗은 채 한빈을 쫓기 시작했다.

순간 암제의 몸에서 불꽃이 일어났다.

내공으로 화기를 일으킨 것이 아니라 순수한 분노로 불꽃을 만들어 낸 것이다.

암제는 거대한 횃불 자체가 되어 한빈을 쫓기 시작했다.

어찌나 불꽃이 강한지 암제가 지나는 통로는 온통 그을음으로 가득 찼다.

한빈은 만독 비고와 연결된 통로의 앞에 서 있었다.

거대한 돌이 굴러와서 막힌 통로였다.

사천당가의 담장 바로 밑과 가까운 곳이었다.

한빈의 계획은 간단했다.

비밀리에 만들어 놓은 통로로 빠져나간 후 이곳을 무너뜨
린다는 것이었다.

만일을 위해 심미호가 곳곳에 진천뢰를 묻어 놓은 상태였
다.

아무리 강한 무공의 고수라도 자연의 힘 앞에서는 언제 꺼
질지 모르는 호롱불에 불과한 법이었다.

한빈이 입구 쪽에서 문을 열기 위해 장치를 찾고 있을 때
였다.

한빈의 귀에 묘한 소리가 들려왔다.

치지직.

치지직.

한빈은 고개를 갸웃하고 소리가 나는 방향을 바라봤다.

순간 한빈은 헛숨을 들이켰다.

"헉."

천장에서 두 가닥의 심지가 불꽃을 내며 빠르게 줄어들고 있는 것이 보였다.

그 심지는 이곳을 무너뜨리기 위해 묻어 놓은 폭약과 연결된 것이 분명했다.

한빈은 재빨리 위쪽으로 몸을 날리려 했다.

그때 뒤쪽에서 거대한 기세가 가까워졌다.

그 기세의 중심에서 암제의 목소리가 울려 퍼졌다.

"이놈!"

그 말과 함께 만월이 검명을 토해 냈다.

지징지징.

한빈을 향해 만월이 날아올 때, 암제의 목소리가 이어졌다.

"화룡점정이라는 초식이다. 세상 모든 것을 지울 수 있지."

암제의 말은 거짓이 아닌 것 같았다.

보통 무인이라면 그 기세만으로도 일 초도 버티기 힘들었을 것이다.

하지만 한빈은 재빨리 주변을 살피는 동시에 용린검을 내뻗었다.

"역지사지!"

십대세가의 수장 (1)

천급 구결을 시전한 한빈은 눈을 크게 떴다.

'뭐지?'

이유는 간단했다.

몸에서 한 점의 내공도 느껴지지 않았기 때문이다.

역지사지를 떠올린 순간 한빈의 단전은 망망대해에 쓸쓸히 떠다니는 나룻배처럼 공허해졌다.

원래 있던 본신의 내공까지 이렇게 사라지다니!

그때 암제가 날린 만월이 여의주를 문 용처럼 날뛰며 다가왔다.

해일처럼 거대했던 기세가 점점 줄어든다.

다가오면 올수록 잔잔해지는 만월.

마치 거대한 호수에 떨어진 조약돌 같다.

'아.'

한빈은 속으로 탄성을 질렀다.

화룡점정이라는 초식의 비밀을 알 것만 같았다.

그것은 맑은 물 위에 먹물을 떨어뜨리는 것과 같았다.

먹물을 머금은 물은 과연 맑은 물일까? 먹물일까?

화룡점정은 그렇게 상대의 모든 것을 파괴하는 초식이 분명했다.

아무것도 아닌 점으로 생각하면 절대 안 되었다.

저 작은 점과 맞붙는 순간 그 위력은 생각지도 못하게 더욱 커질 테니까.

하지만 한빈은 조용히 용린검을 내밀었다.

거대한 용도 망망대해를 모두 삼킬 수는 없는 법.

화룡점정이 용린검의 끝에 닿더니 사라졌다.

스르륵.

거센 기세도.

잠잠한 기세도.

그 어떤 흔적도 주변에는 남아 있지 않았다.

순간 만월이 갈 곳을 잃고 나뭇잎처럼 떨어진다.

휙.

한빈은 그 상태에서 잠시 멈춰 있었다.

어찌 보면 눈 깜짝할 사이였지만, 한빈의 몸에서는 경천동

지할 일이 벌어지고 있었다.

한빈은 천급 구결의 묘미를 온몸으로 깨닫고 있었다.

망망대해가 되어 화룡점정을 흡수한 한빈의 신체는 본능적으로 초식을 분석하고 있었다.

어떤 혈도를 지나 기운을 증폭시켰는지.

어떤 기운을 이 초식에 담았는지.

그렇게 분석하다 보니, 구결마저도 머릿속에 각인이 되었다.

하지만 그 과정은 순탄치 않았다.

한빈의 신체는 상대의 무공을 해석하고 있었다.

머리로 해석하고 있다는 말은 아니었다.

의지와는 관계없이 본능적으로 화룡점정을 해석하고 있었다.

생각해 보면 암제의 화룡점정을 흡수했다고 하기보다는 그대로 맞았다고 하는 것이 맞았다.

신체가 무공을 해석하면서 느끼는 고통은 선대의 공격에 그대로 적중한 것과 같은 고통에 못지않았다.

문제는 거기에서 끝나지 않았다.

쏴아악.

한겨울에 성난 서풍처럼 혈도를 누비는 용린의 기운.

문제는 평소보다 네 배는 빠르게 혈도를 타고 누볐다는 점이다.

마치 높은 곳에서 아래로 떨어지는 듯한 착각이 들 정도로 혈류가 급속도로 움직였다.

그 기운은 한마디로 칼날과도 같았다.

칼날이 온몸을 누비는 기분을 뭐라 말할 수 있을까?

한빈의 기분이 그랬다.

한빈이 고통에 익숙하지 않은 이라면 벌써 까무러쳤을지도 모르는 일.

그러나 한빈은 그것이 어떤 과정인지를 본능적으로 알고 있었다.

그것은 화룡점정을 네 배로 증폭시키는 과정이었다.

쏴아악.

증폭된 기운이 한빈의 검 끝에 모인다.

하지만 그 기운은 한빈만이 느낄 수 있었다.

그 정도로 기운은 압축되었다.

화룡점정은 압축시키면 압축시킬수록 위력이 강해지는 검기의 결정체였다.

지금 한빈이 압축시킨 화룡점정은 암제 것의 사분지 일밖에 안 되는 크기.

그때였다.

한빈의 눈앞에 글귀가 나타났다.

[천급 구결을 최초로 사용하셨습니다.]

[용린검의 활성화가 시작됩니다.]

[용린검이 활성화되면 신검합일(身劍合一)의 경지에 이르게 됩니다.]

[용린검이 활성화되는 도중에는 움직임에 제약을 받습니다.]

[천급 구결이 적에게 적중되면 용린검의 활성화가 완료됩니다.]

뭐지?

한빈은 검 끝을 바라보며 손아귀에 살짝 힘을 주었다.

'헉.'

한빈은 자신도 모르게 비명을 질렀다.

이것은 한빈도 예상 못 한 부작용이었다.

마치 만근의 무게 추를 달아 놓은 것처럼 움직임이 부자연
스러웠다.

한빈은 멀리 떨어져서 무릎을 꿇고 있는 암제를 바라봤다.

화룡점정은 모든 진기를 짜내어 펼친 초식임이 분명했다.

그렇지 않고서야 천하의 암제가 저런 모습을 보일 리는 없
었다.

한빈은 재빨리 머리를 굴렸다.

지금의 부자연스러운 몸이라면 암제와의 승부는 보나마나
였다.

용린검이 활성화되어 신검합일을 이룰 수 있는 것은 적에
게 화룡점정이 닿은 후.

하지만 이대로라면 화룡점정을 암제의 몸에 적중시키는

것은 어려웠다.

　암제가 만약 중간에 깨어난다면, 신검합일의 경지고 뭐고 목이 달아날 수밖에 없었다.

　선택은 한빈이 해야 했다.

　한빈은 이런 과정이 용린이 내리는 시험이라 생각했다.

　용린검이 내리는 시련을 어떻게 통과할 수 있을까?

　그때였다.

　한빈의 머리 위로 타들어 가는 심지가 지나간다.

　치지직.

　앞에는 암제.

　뒤에는 진천뢰.

　거기에 몸은 용린검 때문에 제약을 받는 상태.

　앞뒤가 막힌 상황이지만, 한빈의 눈은 그 어느 때보다 빛났다.

　한빈은 움직임을 멈추고 몸을 살짝 떨기 시작했다.

　누가 봐도 넋이 빠진 모습.

　그러고는 올렸던 입꼬리를 내리고 입술을 살짝 떨었다.

　그때 암제가 천천히 자리에서 일어났다.

　암제는 가늘게 눈을 뜨고 앞을 바라봤다.

　암제가 보기에 한빈은 넋이 나가 있었다.

　자신의 화룡점정을 막으려던 마지막 자세 그대로 굳어 있는 모습은 꼴불견이었다.

"흠."

암제는 헛기침하며 입맛을 다셨다.

그의 득의만만한 표정으로 한빈을 향해서 걸어갔다.

천천히 다가간 그는 한빈을 바라봤다.

넋이 나가 있는 눈빛.

살짝 떨리는 입술은 침이 마른 지 오래였다.

누가 보면 시체라고 해도 다름없는 상태였다.

하지만 암제는 용린검의 끝에 맺힌 거대한 기운을 알아채지 못했다.

암제는 한빈을 내려다보며 입을 열었다.

"내가 너무 심했나 보군. 이렇게 형체만 남고 혼은 날아간 것을 보면 말이다."

"……."

한빈이 용린검을 내뻗은 채 아무 말이 없었다.

암제가 보기에는 석상이 되어 있는 모습.

암제의 미소는 더욱 진해졌다.

그는 곧 미소를 지우며 용린검을 향해 손을 뻗었다.

용린검과의 거리는 불과 종이 한 장.

씰룩이던 암제의 입술이 다시 열렸다.

"이제 내 것이다."

그때였다.

한빈이 고개를 들었다.

"미끼였어."

딱 한마디였다.

그 말과 동시에 용린검의 끝과 암제의 장신이 맞닿았다.

순간 한빈과 암제 사이에 거대한 기운이 일어났다.

그것은 태산과도 같은 형세였다.

위이잉!

그 기세가 암제의 장신으로 빨려 들어간다.

순간 한빈의 눈앞에 펼쳐진 글귀.

[천급 구결을 적중시켰습니다. 용린검의 활성화가 완료되었습니다.]

동시에 한빈은 재빨리 앞쪽으로 뛰었다.

한빈은 뒤쪽을 힐끔 바라봤다.

암제의 몸은 바람을 맞은 풍경(風磬)처럼 바르르 떨리고 있었다.

눈 코 입에서는 검은색 핏물이 새어 나오기 시작했다.

그때였다.

꽝음이 통로의 저편에서 들리기 시작했다.

꾸아앙!

순간 통로의 입구가 들썩이기 시작했다.

통로를 막고 있던 거대한 돌덩이가 조각 나서 날아온다.

파바박!

순간 불어오는 뜨거운 바람.

휘이잉.

그와 동시에 통로의 곳곳에서 굉음이 울리기 시작했다.

쾅! 쾅! 쾅!

마치 악기를 연주하듯 일정한 간격으로 울리는 폭발음.

그 어디에도 안전한 곳은 없었다.

하지만 한빈은 그곳을 벗어날 생각이 없는 듯 암제를 바라
봤다.

그의 마지막은 두 눈으로 확인해야 했다.

암제의 몸에는 이미 파편이 여기저기에 박혀 있었다.

모든 힘이 담긴 화룡점정의 힘의 네 배를 감당하기에는 역
부족이었다.

거기에 뒤쪽에서 날아온 돌덩이에 맞은 암제의 모습은 사
람의 몰골이라 할 수 없었다.

한빈은 눈매를 좁히며 재빨리 암제를 향해 달려갔다.

암제에게 달려간 한빈은 용린검으로 암제의 목을 날리려
했다.

'뭐지?'

그러나 한빈은 고개를 갸웃했다.

손에 들고 있던 용린검이 사라졌기 때문이다.

한빈은 왼손에 있던 월아를 횡으로 그었다.

휙!

털썩.

암제의 목이 떨어져 나갔다.

그 모습을 본 한빈은 재빨리 고개를 숙였다.

그러고는 그곳에 떨어진 만월을 주웠다.

만월은 암제의 죽음에 반응했는지 동그란 접시 모양으로 모습을 바꾸었다.

"전리품을 놓칠 수는 없지……."

말을 맺지 못했다.

폭음이 한빈이 있는 곳으로 점점 다가왔기 때문이다.

쾅! 쾅! 쾅!

소리와 함께 들이닥친 화기에 한빈은 재빨리 몸을 돌렸다.

같은 시각.

한빈이 들어간 입구를 중심으로, 땅이 지진이라도 난 듯 흔들렸다.

쿠쿠쿵!

하지만 대부분의 무림세가 고수는 자리를 뜨지 않았다.

간밤에 일어난 일들은 그들로 하여금 이 정도의 폭음에는 담대하게 만들었다.

하지만 몇몇은 걱정스러운 눈빛으로 아래를 바라보고 있

었다.

먼저 입을 연 것은 정의맹의 군사인 제갈공민이었다.

"대체 팽 공자는……."

"모두 힘을 모아야겠구나."

제갈세가의 가주 제갈공영이 동생의 말을 재빨리 받았다.

그는 조용히 주변을 바라봤다.

그의 눈빛에 십대세가의 대표들이 모였다.

그때였다.

다시 땅이 흔들리기 시작했다.

쿠쿠쿵.

쾅! 쾅.

그 흔들림은 잠깐 동안 계속되었다.

소리가 멈추자 제갈공민은 주변을 둘러봤다.

제갈공민은 자신도 모르게 입을 딱 벌렸다.

그 옆에 있던 십대세가의 대표들도 눈을 크게 떴다.

금선이 만든 폭발이 전각을 무너뜨렸다고 한다면 지금의 폭발은 바닥을 바꿔 놨다.

바닥은 어른 한 명의 신장만큼 움푹 파여 있었다.

그런데 그 길이가 문제였다.

가주전에서부터 시작된 흔적은 저 멀리 담장 너머까지 길게 뻗어 있었다.

주변을 바라보던 제갈공민이 재빨리 외쳤다.

"다들 저 통로 속에 묻혀 있을 팽 공자를 구합시다!"

그 말에 무림세가의 사람들이 주춤주춤 뒤로 물러났다.

그렇게 물러나다 보니 진영은 반으로 갈렸다.

한쪽은 십대세가를 중심으로 한 한빈의 지인들이었고 나머지는 중소 문파들의 무리였다.

묘한 것은 강남 십대세가 중 하나인 위씨세가는 중소 문파의 무리에 섞여 있다는 것이었다.

제갈공민은 뒤쪽으로 물러난 무리를 쏘아봤다.

"대체 이게 무슨 짓이오?"

그때 위씨세가의 무리 중에서 여인 하나가 앞으로 나왔다.

그녀는 위씨세가의 위지약이었다.

다른 이들이 말릴 틈도 없이 앞으로 나선 것이다.

그 여인은 무표정한 얼굴로 제갈공민을 바라봤다.

새파랗게 젊은 아이가 자신을 뚫어져라 바라보자, 제갈공민은 눈을 가늘게 떴다.

하지만 위지약은 눈길을 피하지 않고 입을 열었다.

"지금은 한 명을 구하는 것보다 우리 무림세가의 안전을 도모하는 게 중요한 것 아닌가요? 여길 파다가 불발탄이라도 터지면 우린 어떻게 하죠? 그러지 않아도 오늘 밤 입은 피해가 큰데요."

순간 중소 문파 사이에서 함성이 터져 나왔다.

"그 말이 맞소."

"위씨세가의 말이 맞소."

그 모습에 제갈공민이 나지막한 목소리로 말을 이었다.

"우리를 구하기 위해 저곳으로 들어간 의인을 돕지 않는다면 우리가 정파라고 할 수 있겠소?"

"살아남아야 정파도 의미가 있는 것 아닌가요?"

"……."

제갈공민은 답하지 않았다.

대신 그는 주변을 둘러봤다.

대부분의 중소 문파 가주는 제갈공민과 눈을 마주치지 못했다.

하북팽가의 사 공자가 지금은 죽음의 굴이 된 저 통로로 암제를 유인했을 때만 해도, 은혜를 입었다며 진심 어린 목소리로 외치던 그들이었다.

그런데 모든 위험이 사라지자 저렇게 태도를 바꾼 것이었다.

입술을 달싹이던 제갈공민은 고개를 흔들었다.

지금은 저들의 자율에 맡겨야 했다.

강압적으로 일을 시켜 봐야 효율은 오르지 않을 것이었다.

제갈공민이 외쳤다.

"나를 도와 팽 공자를 구할 사람은 이쪽으로……!"

그때였다.

누군가가 제갈공민의 앞으로 나왔다.

까무잡잡한 피부에 흑색 무복의 여인.

그녀는 심미호였다.

심미호의 등장에 제갈공민이 말했다.

"무슨 일이오?"

"주군이 말씀하시길, 어떤 일이 있어도 끼어들지 말라고 하셨어요."

"그게 대체……."

"저 아래는 만독 비고와 연결되어 있다고 하셨어요."

"그렇다면……."

제갈공민은 고개를 돌려 사천당가의 가주인 당무천을 바라봤다.

당무천이 한숨을 내쉬었다.

"휴……."

긴 한숨에 모두가 당무천을 바라봤다.

당무천은 고개를 작게 저었다.

누가 봐도 절망하는 모습이었다.

그 모습에 제갈공민이 물었다.

"그렇게 심각합니까?"

"사 공자를 구출하는 것은 뒤로 미뤄야 할 것 같네."

"그렇다면?"

"만독 비고와 연결되어 있다면……."

"말씀하시지요."

"만독 비고에 있던 독물이 저곳으로 떠내려왔을 수도 있는 일. 그 독물을 만지는 이가 있다면 한 줌 핏물로 변하는 자도 생길 것이네."

당무천의 말에 모두가 눈을 크게 떴다.

그때였다.

광개가 앞으로 나섰다.

"저희 개방이라도 나서겠습니다."

"저희 산동악가도 힘을 보태겠습니다."

악비광도 한 발 앞으로 나섰다.

그들의 모습에 당무천이 고개를 저었다.

"아무리 저 아이가 특별하다고 해도 저곳에서 살아남을 수는 없을 터야. 그러니 일단 상황을 보세."

말을 마친 당무천은 낮게 한숨을 토했다.

그때 제갈세가의 가주 제갈공영이 한 발 앞으로 나왔다.

"그깟 독이 문제가 아니라고 생각합니다."

"네, 맞아요. 저도 그렇게 생각해요. 몇 번씩이나 구원을 받고도 이렇게 손을 놓고 있으면 그건 정파, 아니 사람이 아니죠."

제갈공려도 한마디 거들었다.

그때부터였다.

여기저기서 비슷한 목소리가 이어졌다.

"저도 돕겠습니다."

"우리 가문도 돕겠습니다."

계속 이어지는 그들의 목소리에 당무천은 혼잣말을 뱉었다.

"좋은 친구들을 뒀구나…….."

당무천은 조용히 하늘을 바라봤다.

구조는 하지 않을 것이다.

그것은 결코 대를 위해서 소를 희생한다는 틀에 박힌 논리에 따른 것은 아니었다.

당무천이 보기에 한빈은 결코 '소(小)'가 아니었다.

다만, 무너져 내린 바닥을 보고 내린 결론이었다.

독도 독이지만, 무너져 내린 바닥을 보니 저 안에서 살아남을 수 있는 자는 결코 있을 수 없다고 생각했다.

삼류 무사든 화경의 고수이든 똑같았다.

자연의 무게를 이길 수 있는 인간은 없을 테니까.

하늘을 바라보던 당무천은 시름을 털어 내려는 듯 가볍게 고개를 저었다.

그때 당무천의 눈에 이상한 모습이 들어왔다.

한빈의 시녀인 설화의 모습이었다.

설화는 종이를 펼쳐 놓고 뭔가를 열심히 적고 있었다.

당무천의 손녀인 청화는 그 옆에서 열심히 먹을 갈고 있었다.

당무천은 조심스레 그들이 있는 곳으로 걸어갔다.

먹을 갈던 청화가 물었다.

"언니! 언제까지 갈아야 해요?"

"조금만 더 갈아, 거의 끝났으니까. 참, 저기 끝에 있는 가
문 이름이 뭔지 알아볼래?"

"저기요?"

"그래, 저기 있는 가문이 어딘지 정확하게 알려 줘."

"네, 알았어요."

"그럼 부탁할게."

설화가 고개를 끄덕이자 청화가 자리에서 일어났다.

자리에서 일어난 청화는 눈매를 좁히며 설화가 말한 곳으
로 걸어갔다.

그때 그녀의 앞을 당무천이 막아섰다.

"어딜 그렇게 가느냐?"

"아, 설화 언니가 부탁한 게 있어서요……."

살짝 말끝을 흐린 청화는 당무천을 바라봤다.

그 눈빛에 당무천이 물었다.

"왜 그러느냐?"

"저기 몰려 있는 가문 아세요?"

"저건 운남의 신씨세가가 아니더냐? 그것을 왜 묻느냐?"

"그건 비밀이에요, 할아버지."

"비밀이라고?"

당무천이 눈을 크게 떴다.

딱 봐도 한빈의 영향을 받은 말투였다.

가족을 닮아야 하거늘…….

당무천은 고개를 돌려 작게 한숨을 내쉬었다.

"휴."

한빈을 흉내 낸 말투로 답하는 청화를 보니 갑자기 가슴이
저며 왔다.

그때 청화가 해맑은 표정으로 답했다.

"고마워요, 할아버지."

청화는 고개를 살짝 숙인 뒤 쏜살처럼 설화에게 돌아갔다.

정보를 전해 받은 설화는 소매를 걷어붙이고 다시 붓을 잡
았다.

스스슥.

설화가 잡은 세필이 종이 위를 누볐다.

설화는 매의 눈으로 주변을 살폈다.

묘한 설화의 모습에 당무천의 호기심은 더욱 치솟았다.

당무천은 일에 열중하고 있는 설화와 청화의 옆으로 다가
갔다.

둘은 당무천이 왔는데도 아무렇지 않게 일을 계속하고 있
었다.

비밀이라는 청화의 말과는 다르게, 그들은 종이를 활짝 펼
쳐 놓고 있었다.

가까이서 보니 종이는 두 장이었다.

한쪽에는 눈에 익은 가문들이 적혀 있었다.

대부분이 천하 십대세가였다.

거기에 더해 사람들의 이름도 적혀 있었다.

광개를 비롯한 한빈과 평소 알고 지내던 이들의 이름이 쫘
르륵 나와 있었다.

당무천은 다른 쪽의 종이를 바라봤다.

그 종이에 적힌 가문 중 가장 유명한 가문은 위씨세가였
다.

당무천은 눈을 크게 떴다.

그 종이에 적힌 것이 무엇을 뜻하는지를 알게 된 것이다.

"대체……."

당무천이 혼잣말을 뱉자 설화가 그제야 고개를 들었다.

"안녕하세요."

"그래, 그런데 지금 그것은 왜 적고 있느냐?"

"우리 공자님이 이거 적어 놓으라고 했어요. 힘들 때 아군
과 적군이 명확히 구별된다고요."

"그렇구나. 후."

당무천은 낮게 한숨을 쉬었다.

설화는 적과 아군을 나누고 있었다.

당무천도 오늘의 일을 머릿속에 똑똑히 기억해 두고 있었
다.

위씨세가를 비롯한 나머지 무림세가를 용서할 수 없었다.

하지만 적과 아군을 구분해서 종이에 적고 있는 것은 이해가 안 되었다.

하북팽가의 사 공자가 세상을 떠난 지금, 저런 명단은 그저 쓸모없는 종이 쪼가리에 불과했다.

한숨을 쉬던 당무천이 설화를 바라봤다.

"다 적고 나면 내게 주거라. 내가 은원을 확실히 마무리 지어 주마."

"네? 그게 무슨 말씀이에요? 할아버지."

"너희 사 공자 대신 내가 손을 써 주겠다는 말이다."

"왜 우리 공자님 대신 할아버지가 손을 써요? 혹시……."

설화가 눈매를 좁히자 당무천이 답했다.

"그 아이가 못 하니 내가 대신해 주겠다는 것이다."

"그러니까요. 우리 공자님이 왜 못 하냐고요?"

설화가 눈을 반짝이자 옆에 있던 청화가 끼어들었다.

"할아버지, 혹시 우리 공자님이 죽었다고 생각하는 건 아니죠?"

갑자기 치고 들어오는 청화의 질문에, 당무천은 다급하게 헛기침했다.

"흠, 그런 건 절대 아니다."

당무천은 재빨리 손을 내저었다.

그제야 청화의 표정이 풀어졌다.

설화도 가늘게 떴던 눈을 원래대로 돌렸다.

당무천은 둘의 모습에 고개를 돌렸다.

설화와 청화는 현실을 인정하지 못하는 모습을 보이고 있었다.

당무천은 터져 나오려는 한숨을 겨우 참았다.

현실을 받아들이지 못하고 상상 속에서 헤매는 것처럼 보이는 설화와 청화가 너무 안쓰러워 보였기 때문이다.

당무천은 조용히 자리로 돌아갔다.

그때 중소 문파 무사들의 목소리가 귀에 들렸다.

"다행이네."

"그래, 다행이지. 급해서 서약서에 손도장을 찍긴 했지만, 그건 조금 과한 요구였지. 그 계약서도 저렇게 땅속에 묻혔으니……."

"쉿, 누가 듣네."

그들은 재빨리 자리를 피했다.

그들의 대화에 당무천은 혀를 찼다.

정파의 기강이 무너진 것을 이제는 인정해야 했다.

정파가 무엇이던가?

정(正)이란 올바른 길이다.

이익 앞에서는 정파를 내세우고.

뒤에서는 사파만도 못한 모습을 보인다면 정파라는 이름이 왜 필요하겠는가?

조용히 하늘을 바라보던 당무천은 펄쩍 뛰어서 쓰러진 탑

위로 올라갔다.

그 위에서 아래를 내려보던 당무천은 내공을 담아 외쳤다.

"오늘 일은 마무리하겠네!"

그의 외침에 무림세가 사람들은 서로를 바라봤다.

어떤 이는 아쉬움의 탄성을.

어떤 이는 안도의 한숨을 내쉬었다.

당무천은 남궁장천을 바라보며 눈짓했다.

당무천이 내려가고 남궁장천이 탑 위로 올라왔다.

남궁장천은 자신이 해야 할 일을 알고 있었다.

그것은 무가지회를 마무리 짓는 일이었다.

남궁장천은 자신의 모든 기세를 담아 외쳤다.

"내일 용봉지회를 마무리하겠소! 용봉지회의 본선에 참가할 세가들은 내일 정오까지 연무장으로 모여 주시기 바라오!"

그 말에 모두가 눈을 빛냈다.

그들이 맞이했던 재앙은 이미 과거의 일.

이제는 미래를 준비해야 할 때였다.

다음 날 오전.

사천당가의 비무대에는 아무 일도 없던 것처럼 많은 인원이 모여들었다.

모여든 사람들은 아무 흔적도 없이 정리가 끝난 비무대를 보고 눈을 크게 떴다.

"허, 역시 사천당가군."

"그러게 말일세. 몇 시진밖에 안 지났는데 이렇게 복구하다니 놀랍군."

"그러게 말일세."

　그들은 사천당가의 일 처리에 혀를 차고 있었다.

　간밤에 비무대 주변은 생각지도 못할 만큼 난장판이 되어 있었다.

　비무대에서 멀리 떨어졌던 전각 중 일부는 반파된 곳도 있었고 비무대 주변에는 돌덩이가 잔뜩 쌓여 있었다. 그래서 이렇게 행사를 진행한다는 것은 상상도 하지 못했다.

　그런데 눈 깜짝할 사이에 완벽하게 정리된 것이다.

　이전에 있던 석판 대신에 어디선가 대문을 떼 온 듯한 거대한 나무판자가 비무대 옆에 자리하고 있었다.

　그곳에는 결선 비무에 참가할 가문들의 이름이 적혀 있었다.

　황보세가.

　남궁세가.

　하남정가.

　사천당가.

서문세가.

위씨세가.

하북팽가.

산동악가.

전부 십대세가의 일원들이었다.

모두가 명단을 보고 있을 때, 제갈공민이 비무대 위로 펄쩍 뛰어올랐다.

그는 주변을 돌아보며 말을 이었다.

"무가지회의 가장 중요한 행사인 용봉지회를 이제 마무리하고자 하오. 권각술만으로 진행했던 예선과는 달리, 이번 본선에서는 자신의 병장기를 사용할 수 있으니 해당 세가의 무사들은 미리 자신의 병기를 확인하기 바라오."

말을 마친 제갈공민은 뒤를 돌아 명단을 바라봤다.

그러고는 말을 이었다.

"첫 번째 비무를 행할 황보세가와 남궁세가의 무사들은 비무대로 나와 주시오!"

제갈공민의 외침에 황보세가의 황보견우가 가볍게 비무대 위로 뛰어올랐다.

그의 맞은편에는 남궁세가의 남궁무성이 자리 잡고 있었다.

남궁무성은 남궁세가의 넷째.

남궁세가의 넷째가 이렇게 비무대로 나온 것은 남궁세가의 비극이었다.

첫째는 오해를 받아 쫓기는 신세가 되었고.

그 첫째를 셋째가 쫓고 있는 상황.

용봉지회의 비무를 이끌던 둘째는 간밤에 가문의 배신자라는 것이 밝혀져 현재 사천당가의 뇌옥에 감금된 상태였다.

그런 이유로 넷째인 남궁무성이 나왔으니.

이를 지켜보던 구경꾼들도 기가 찰 수밖에 없었다.

비무대 위에 선 황보견우와 남궁무성을 바라보던 제갈공민은 고개를 갸웃하며 말을 이었다.

"남궁세가와 황보세가의 무사는 이 비무에서도 권각술을 쓸 텐가?"

제갈공민은 둘을 번갈아 보았다.

아무리 봐도 그들은 자신들의 병기를 들고 올라오지 않았다.

그때였다.

황보견우가 먼저 입을 열었다.

"저는 이 비무를 포기하겠습니다."

"저도 이 비무를 포기하겠습니다."

남궁무성도 상대를 바라보며 포권했다.

그 모습에 제갈공민이 물었다.

"포기라니? 그게 무슨 말인가?"

그 질문에 황보견우가 고개를 돌려 제갈공민에게 살짝 고개를 숙이며 예를 취했다.

"하북팽가의 사 공자가 여기에 올라왔다면 과연 이길 수 있는 후기지수가 있었겠습니까? 우리를 위해 목숨을 바친 그 대신에 이 비무의 승리를 원한다는 것은 어불성설인 것 같습니다."

황보견우는 말을 마치고 비무대 아래를 바라봤다.

그곳에서는 황보세가의 가주인 황보만청이 고개를 끄덕이고 있었다.

이것은 황보견우가 먼저 제안한 것이었다.

물론 황보만청도 흔쾌히 허락했다.

강호의 도리를 세우기 위해서는 십대세가가 솔선수범해야 한다는 것이 그들의 진심이었다.

그때 남궁무성도 제갈공민을 향해 말했다.

"저도 포기하겠습니다. 황보 소협의 뜻에 저도 동참하는 바입니다."

남궁무성은 조용히 몸을 돌려 하북팽가의 구성원이 있는 곳을 바라봤다.

십대세가의 수장 (2)

하북팽가 쪽을 바라보던 남궁무성이 말을 이었다.

"남궁세가를 대표해서 하북팽가에 경의를 표하는 바입니다."

그는 정중히 포권했다.

순간 단상 아래에 있던 사람들이 서로를 바라봤다.

용봉지회에서는 벌어질 수 없는 상황이었다.

하지만 목소리를 내는 사람은 아무도 없었다.

이것은 정도를 지키는 일이었다.

그 분위기는 전염병처럼 번져 나갔다.

한빈의 구조에 등을 돌렸던 이들도 비무대 위의 경건한 모습에 침묵을 지켰다.

다만, 위씨세가의 일원 중 몇은 눈을 빛냈다.

그들은 위씨세가의 위지천과 위지약이었다.

위지약이 그녀의 오라비인 위지천에게 은밀한 목소리로 속삭였다.

"오라버니."

"무슨 일인지는 몰라도 지금은 자중해야 한다. 지금 분위기로 봐서는 우리도 비무를 양보해야 할 듯싶구나. 앞으로의 일은 나중에 의논하자꾸나."

위지천의 목소리는 그 어느 때보다 작았다.

그는 위씨세가가 지금은 몸을 사려야 할 때임을 본능적으로 깨닫고 있었다.

하지만 위지약은 상체를 기울이며 말을 이었다.

"오라버니, 이건 우리에게 기회예요."

"기회?"

"생각해 보세요. 금와 상단의 상단주가 죽긴 했지만, 우리 가문과 관계가 있는 게 언제 밝혀질지 모르잖아요."

그녀의 말은 사실이었다.

금와 상단이 다른 어떤 가문보다 밀접한 관계를 맺고 있는 것이 위씨세가였다.

금와 상단의 도움으로 이번 용봉지회에서도 득을 보리라 생각하고 득의만만했던 것이 바로 엊그제까지의 일이었다.

그런데 하루아침에 상황이 바뀐 것이다.

위지천이 재빨리 검지를 입술에 갖다 댔다.

"쉿."

"어차피 듣는 사람은 없어요. 전부 우리 가문 사람들이잖
아요."

위지약은 슬쩍 눈짓하며 그들을 둘러싼 가문의 무사들을
가리켰다.

위지천은 의미심장한 눈으로 위지약을 바라봤다.

동생의 태도가 생각보다 철두철미했기 때문이었다.

위씨세가의 무사들은 위지천과 위지약의 주변을 경계하고
있었다.

그 모습에 위지천이 물었다.

"무슨 얘기를 하려는 것이냐?"

"그러니까……."

위지약은 눈매를 좁히며 자신의 계획을 이야기했다.

그들의 주변에 두 쌍의 눈동자가 빛을 내고 있다는 것은
알지 못한 채.

잠시 후.

서문세가와 하남정가의 대결도 똑같은 양상으로 끝났다.

서문세가와 하남정가의 대표가 비무대 아래를 향해 포권

을 하며 내려갔다.

제갈공민은 나머지 비무는 잠시 휴식을 취하고 진행할 것을 선포했다.

이제 네 가문의 비무가 남아 있었다.

하지만 좌중은 남은 비무를 기대하지 않았다.

어차피 남은 가문들도 하북팽가에 양보할 것이 뻔했기 때문이다.

어찌 보면 김빠진 비무지만, 누구 하나 이의를 제기하는 이는 없었다.

그것은 그들이 지켜야 할 마지막 강호의 도리임을 알기 때문이었다.

모두는 각 가문의 처소로 돌아가 잠시 휴식을 취했다.

지금 비무대 주변에는 무가지회의 주최자인 사천당가만이 남아 있는 상황.

그들은 누가 비무의 대표로 나갈 것인지에 대해 상의하고 있었다.

당광현이 당무천을 바라봤다.

"누가 나가는 것이 좋겠습니까? 아버님."

"기명이, 아니 세령이가 나가도록 하여라."

"네?"

당광현이 눈을 크게 떴다.

얼마 전까지만 해도 남장을 하고 다니던 당세령이었다.

본래의 모습으로 돌아온 것은 당무천도 허락한 일.

하지만 당가를 대표로 비무대 위에 오르는 것은 전혀 다른 일이었다.

가문의 새로운 얼굴에 모두가 소곤댈 것이 분명하고 사천당가에 무슨 일이 있었는지에 대해서 한동안 논란이 끊이지 않을 것이다.

당광현의 표정을 본 당무천은 말을 이었다.

"광현아."

"네, 아버님."

"언제부터 사천당가가 남의 눈치를 봤느냐?"

"……."

당광현은 아무 말도 못 했다.

그 모습에 당무천이 손가락으로 깃발 하나를 가리켰다.

"저것을 보아라."

당무천이 가리킨 것은 사천당가의 깃발이었다.

깃발에는 용과 싸워도 지지 않을 것 같은 뱀이 그려져 있었다.

당광현은 깃발을 보고 입을 벌렸다.

당무천의 말뜻을 알아챈 것이다.

강호인 대부분은 사천당가의 깃발만 봐도 자리를 피했다.

강호인에게 사천당가는 경외의 대상이었다.

사천당가에서 나오는 암기와 철 그리고 약은 강호인에게

필수품이기에 그 관계를 끊을 수는 없었다.

가까이하고 싶지만 두려운 대상,

그것이 사천당가였다.

이런 상황이다 보니 사천당가는 누구의 눈치도 보지 않았다.

그런데 요즘 들어 상황이 바뀌었다.

당무천이 원인 모를 병에 쓰러지고 이번과 같은 일을 겪다 보니, 뛰는 놈 위에 나는 놈 있다는 속담이 강호에서도 통한다는 것을 알게 된 것이다.

그런 조심스러운 마음이 사천당가에 스며든 것.

당무천은 그런 나약한 마음에 일침을 가한 것이다.

당광현이 주먹을 불끈 쥐며 말했다.

"알겠습니다. 사천당가의 위엄을 보이겠습니다. 사천당가는 앞으로 누구의 눈치도 보지 않겠습니다."

"그래, 잘 알아들었구나. 그런 마음으로 가문을 이끌 거라."

"아버님, 그게 무슨 말씀입니까?"

"무가지회가 끝나면 네가 사천당가의 가주다."

"아버님!"

당광현은 다급하게 고개를 숙였다.

둘의 대화를 듣던 나머지 사천당가 식솔들도 모두 눈을 크게 떴다.

그도 그럴 것이, 가주 당무천은 본래 욕심이 많은 이였다.

그 욕심이 사천당가를 십대세가 중 으뜸으로 올려놨고 말이다.

모두가 놀라고 있을 때 당무천이 손을 저었다.

"나는 이제 늙었다. 지금부터는 손주들의 재롱이나 보면서 쉴 터이니 아무 말 말아라."

"벽을 넘으신 것이 엊그제인데 뒤로 물러나시면 저희는 어떻게 합니까?"

당광현은 당황한 표정을 감추지 못했다.

그의 표정은 진심이었다.

백 년 만에 두 번째로 만독지체를 넘어서 공독지체를 이룬 무인이 바로 당무천이었다.

그런데 일선에서 물러나겠다고 하다니, 가문의 처지에서 보면 청천 날벼락이었다.

당황한 당광현의 모습에, 당무천이 나지막한 목소리로 말을 이었다.

"사천당가의 가주가 될 사람에게 그런 자신 없는 표정을 어울리지 않는다."

"죄송합니다, 아버님. 다만, 저는……."

"내가 완전히 물러나겠다는 것은 아니다. 가주 자리에서 물러나면 마음속의 독을 갈고닦을 것이야. 지금의 성취를 정리하려면 가주직을 맡으면서는 불가능하다. 네가 가주직을

잘 수행해 준다면 우리 가문은 백 년 만에 최대 전성기를 맞
게 될 것이야."

"……."

당광현은 아무 말도 못 했다.

손주들의 재롱을 본다는 것은 표면적인 이유였고 당무천
은 독인으로서의 욕망을 나타내고 있다.

조용히 당무천을 바라보던 당광현이 한쪽 무릎을 꿇고 포
권했다.

"가주님의 명을 받들겠습니다."

뒤쪽의 다른 식솔도 조용히 무릎을 꿇고 포권했다.

"존명."

"존명."

그들의 목소리는 나지막했지만, 주변의 분위기를 무겁게
가라앉혔다.

그들은 이번에 한 가지 교훈을 얻었다.

강호는 약육강식의 세계라는 것이다.

그 약육강식의 세계에서 살아남기 위해서는 끊임없이 정
진해야 했다.

당무천이 공독지체의 마지막 깨달음을 얻게 되면 그때가
바로 중원의 가장 높은 곳에 사천당가의 깃발을 세우는 날이
될 것이었다.

당광현은 이를 꽉 깨물었다.

울분을 참은 것이 아니라 터져 나오는 희열을 남들에게 보이지 않게 하기 위해서였다.

그 모습에 당무천이 말을 이었다.

"마지막으로 한마디 하마."

"말씀하십시오, 아버님."

"내가 이번에 깨달은 게 하나 더 있다. 그것은 내가 강하지 못하면 강한 자를 곁에 두라는 것이다."

"네, 알겠습니다."

"바로 대답하는 것을 보니 너도 이번에 느낀 점이 많았구나."

"네, 그렇습니다. 팽가의 사 공자가 아니었으면 우리 가문은 강호에서 지워졌을지도……. 앗, 죄송합니다."

"아니다. 그게 바로 우리가 처한 현실이다. 하지만 우리는 격난을 피해 갔지. 그게 중요한 거란다."

말을 마친 당무천은 조용히 고개를 돌렸다.

그는 가주전에서부터 사천당가의 담장까지 이어진 움푹 파인 선을 바라보았다.

그것은 진천뢰가 터지면서 땅이 가라앉은 자국이었다.

이미 지나간 일이지만, 저곳에 묻힌 하북팽가의 사 공자를 기억 속에서 지울 수는 없었다.

당무천은 시선을 돌려 당세령을 바라봤다.

하북팽가의 사 공자가 살아 있다면 당세령과 이어 주려 내심 결심하고 있었다.

하지만 이제는 지나간 일이었다.

그때였다.

당무천의 뒤쪽에서 두 개의 신형이 나타났다.

사사삭.

갑작스러운 상황에 당광현을 비롯한 사천당가 무사들은 재빨리 암기를 꺼냈다.

두 개의 신형은 당무천의 뒤쪽으로 숨어들었다.

순간 당광현과 사천당가 무사들은 살기를 피워 냈다.

반원을 그리며 당무천의 뒤쪽으로 숨어든 신형을 향해 암기를 날리려는 순간.

당무천이 손을 슬며시 들었다.

"모두 경계를 풀어라."

"아버님, 조심……."

당광현은 말을 잇지 못했다.

두 소녀가 당무천의 뒤쪽에서 얼굴을 빼꼼 내밀었기 때문이다.

물론 두 소녀는 설화와 청화였다.

당무천은 몸을 돌려 설화와 청화를 바라봤다.

그리고는 둘을 동시에 안아 들었다.

한쪽 팔에 하나씩 둘을 번쩍 안아 든 당무천은 미소를 피워 냈다.

"손녀들 왔느냐?"

"네, 할아버지."

청화가 배시시 웃으며 당무천을 바라봤다.

"……."

설화는 쑥스러운 듯 고개를 돌렸다.

뭔가 적응이 안 되는 모습이었다.

그도 그럴 것이 당무천은 반 시진 전에 설화에게 제안을
했었다.

그 제안은 청화와 마찬가지로 설화도 자신의 손녀로 삼겠
다는 것이었다.

새로 가족을 찾은 청화가 부럽긴 했다.

하지만 그들은 자신의 진정한 가족이 아니었다.

물론 진짜 부모가 누군지는 모른다.

그저 흑천의 주인을 친아비처럼 알고 자라 왔을 뿐이었다.

어정쩡하게 안긴 설화를 본 당무천이 말했다.

"친할아비라 생각하거라."

친근한 목소리로 부드럽게 웃는 당무천.

그 모습에 설화가 눈을 끔벅였다.

당무천은 조용히 고개를 끄덕이며 둘을 땅에 내려놨다.

당무천이 설화를 대하는 마음은 진심이었다.

친자매처럼 지내는 설화를 잡아야 청화의 마음도 잡아 놓
을 수 있다는 것이 당무천의 생각이었다.

물론 그런 전략적인 생각만 가지고 있는 것은 아니었다.

　청화를 돌봐 준 설화에게 보답을 하고 싶은 마음도 있었다.

　물론 이런 광경을 본 당광현과 사천당가의 무사들은 까무러칠 듯이 놀랐다.

　당광현과 그 옆에 있던 당세령은 입을 떡 벌린 채 다물 줄을 몰랐다.

　그것은 당무천의 표정 때문이었다.

　저리 자애로운 표정은 당광현도 당세령도 생전 처음 봤다.

　놀람도 잠시, 당광현은 고개를 저었다.

　이것은 변화의 시작일지도 몰랐다.

　그때 청화가 나지막이 당무천을 불렀다.

　"할아버지, 부탁이 있는데요."

　"부탁이라……. 말해 보아라."

　"언니와 저도 이번 비무에 나가도 되나요?"

　"비무라……."

　"지금 진행되고 있는 용봉지회요."

　"흠."

　당무천은 고개를 갸웃했다.

　그때 당광현이 재빨리 끼어들었다.

　"청화야. 네가 착각을 하는 모양인데, 우리 사천당가는 앞서 비무대에 오른 가문들처럼 기권할 것이란다. 덕분에 대표로 세령이만이 오를 예정이고 말이다."

"그럼 잘됐네요. 저희도 나가게 해 주세요. 한 번이라도 비무대에 오르고 싶어서 그래요."

청화가 투정 부리듯 말하자 당광현이 난처한 듯 당무천을 바라봤다.

시선을 받은 당무천은 재미있다는 듯 청화와 설화를 바라봤다.

둘을 번갈아 보는 당무천의 눈빛에 자애로움은 사라지고 호기심만이 남아 있었다.

"너희의 눈빛을 보자니 계획이 있는 것 같구나?"

당무천이 눈매를 좁혔다.

"그건……."

설화가 나서서 답하려 하자 당무천이 말을 끊었다.

"비밀이겠지."

"앗."

설화가 정곡을 찔렸다는 듯 입을 벌렸다.

그 모습에 다시 웃음을 지은 당무천이 말을 이었다.

"어찌할지는 상관 안 할 테니 세령이와 함께 비무에 대해서 상의하거라."

말을 마친 당무천은 몸을 돌리며 손짓했다.

자리를 피해 주자는 신호였다.

"네, 감사해요."

설화가 천천히 자리를 떠나는 당무천을 향해 포권했다.

사라지는 당무천을 바라보는 설화는 눈을 가늘게 떴다.

기권할 비무에 나가는 것도 이해가 안 될 텐데, 사천당가의 구성원으로서 비무에 나가겠다고 했다.

그런데도 다 알겠다는 듯 저리 웃으며 허락을 한 당무천이 이해가 안 되었다.

설화는 자신도 모르게 혼잣말을 뱉었다.

"높다……."

"그게 무슨 말이에요? 언니."

"아, 아무것도 아니야."

설화는 손을 내저었다.

그때 당세령이 조심스럽게 입을 열었다.

"모든 일을 우리에게 맡긴다고 했으니 솔직히 얘기해 보자."

"그러니까……."

설화는 주변을 살피며 이야기를 시작했다.

드디어 다시 비무대에 제갈공민이 올랐다.

제갈공민은 어지럽게 이어진 선 중 하나에 시선을 고정시켰다.

그 선의 끝에는 각각 위씨세가와 사천당가라는 이름이 선명하게 적혀 있었다.

제갈공민이 나지막이 외쳤다.

"비무에 참가할 위씨세가의 무사와 사천당가의 무사는 나오시오!"

그의 말에 제갈공민의 양옆으로 두 무사가 뛰어올랐다.

탁, 탁.

제갈공민을 중심으로 두 명의 무사가 착지했다.

두 명의 무사는 마침 똑같이 여인이었다.

위씨세가의 여인이 먼저 한 걸음 나왔다.

"저는 위씨세가의 위지약입니다."

그녀가 상대를 보며 포권하자, 사천당가의 무사도 자신을 소개했다.

"저는 사천당가의 당세령입니다."

그녀의 소개에 좌중은 술렁이기 시작했다.

"사천당가에 당세령이라는 무인이 있었나?"

"누구지? 처음 들어 보는데?"

"대체 누구야? 직계 중에 당세령은 처음 들어 봤는데."

좌중들이 술렁이기 시작하자 제갈공민은 손뼉을 한 번 쳤다.

짝!

그 소리에 좌중들의 술렁임이 멈췄다.

제갈공민은 좌중을 둘러본 후 말을 이었다.

"오늘 무가지회를 지켜보기 위해 귀빈들이 오셨으니, 모두 자중해 주시기 바라는 바입니다."

제갈공민은 뒤쪽을 바라봤다.

그곳에는 제갈공민의 말처럼 무림세가의 소속이 아닌 다양한 문파의 구성원들이 눈을 빛내고 있었다.

무당파의 현문.

화산파의 서재오.

개방의 홍칠개 등 무림명숙이라고 불릴 만한 사람들이 참관인 자격으로 자리에 앉아 있었다.

제갈공민의 말뜻은 무림세가가 거대 문파에 얕보일 일을 만들지 말란 말이었다.

그 무림명숙 중 가장 눈에 띄는 것은 강남 사도련의 주인인 독고진이었다.

사실 독고진도 무가지회의 참관인으로 자리에 앉게 될 줄은 상상도 하지 못했다.

이번 무가지회 자체가 사파의 타도를 외치며 만들어진 자리였다.

그런 자리에 강남 사파의 수장이 이렇게 자리에 앉아 있다는 것은 모두에게 낯설었다.

하지만 자리를 박차고 나갈 수는 없는 노릇이었다.

암제와 금선이 벌인 세가 말살 계획은 독고진에게도 적잖은 충격을 주었다.

이것은 남의 일이 아니었다.

강북 사도련 중 얼마만큼의 인원이 저들에게 포섭당했을지는 아무도 모르는 일이었다.

이곳에 머물며 최대한 정보를 캐내는 것이 자신이 할 일이라는 것을 독고진을 알고 있었다.

물론 독고진이 이렇게 자리한 것에 대해 모두는 환영했다.

적이 생기면 뭉치는 것이 강호인의 도리이니까.

암제와 금선이 사라졌다고는 하지만 어떤 위협이 남아 있을지 모르는 일이었다.

용봉지회가 끝나고 나면 무림세가의 대표들과 사도련주인 독고련은 잠시 회합을 가질 예정이었다.

모두의 시선이 얽히는 가운데, 제갈공민이 다시 말을 이었다.

"위씨세가와 사천당가의 첫 번째 대결을 시작하겠소."

말을 마친 제갈공민은 비무대의 가장자리로 물러났다.

하지만 그들의 비무를 기대하는 이는 없었다.

역시나 사천당가의 당세령은 한 발 앞으로 나와 하북팽가가 있는 쪽으로 포권했다.

"사천당가의 당세령은 이번 대결을 포기하겠습니다."

말을 마친 당세령은 조용히 돌아섰다.

그때였다.

위지약이 하북팽가가 있는 곳을 바라보며 포권했다.

그러고는 눈을 반짝이며 입을 열었다.

"저는 포기 안 하겠어요. 그게 같은 십대세가 간의 예의라고 생각해요. 저는 최선을 다해 싸우겠어요. 그런데 상대가 없으니……."

그녀는 슬쩍 고개를 돌렸다.

위지약이 바라보고 있는 곳에서는 제갈공민이 미간을 좁히고 있었다.

갑자기 일어난 일이었다.

제갈공민도 어떻게 해야 할지 난감한 표정을 짓고 있었다.

그때 위지약이 넌지시 물었다.

"군사님, 위씨세가의 승리 아닌가요?"

재촉하는 그녀의 모습은 얄밉기까지 했다.

위씨세가를 따라 하북팽가에 등을 돌렸던 중소 문파들까지 웅성대기 시작했다.

"저건 아니지 않나?"

"잠깐, 하남정가에 서문세가 그리고 황보세가까지 검을 내려놨으니……."

"지금 사천당가도 포기하지 않았나? 그렇다면 이건 땅 짚고 헤엄치기가 아닌가?"

"땅 짚고 헤엄치기는 아니지. 생각해 보게. 산동악가에는 악비광이 있고 하북팽가에는 팽혁빈이 있지 않은가? 그 둘이면 위씨세가에 꿀릴 게 없지 않은가?"

"그게 아니지. 하북팽가에는 팽혁빈밖에 없고 산동악가에
는 악비광밖에 없는 거라고 해야 정확할 걸세."

"그게 무슨 말인가?"

"오전에 대회 규칙이 바뀌지 않았는가?"

"바뀌다니?"

"승자가 계속 남는 방식이 아니기에 대진 운이 중요하지."

"흠, 그렇다면……."

"악비광이나 팽혁빈이 승리하더라도 나머지 대결에서 패
배한다면 승리는 위씨세가가 가져갈 것일세. 더 중요한 것은
다음 비무가 산동악가와 하북팽가의 대결이 아닌가?"

"그럼 위씨세가는 한 번만 이기면 되겠군."

"그럼 용봉지회의 승리자는 위씨세가가 되는 게 아닌가?
이건 조금……."

"약속은 약속이니 십대세가의 수장은 위씨세가에서 나오
겠군."

그의 말대로 용봉지회의 우승자가 십대세가의 수장을 정
하기로 한바.

현재 상태로는 위씨세가의 가주가 차기 십대세가의 수장
이 될 가능성이 농후했다.

좌중들은 마른침을 삼키며 비무대 위를 바라봤다.

비무대 위에서는 제갈공민이 고개를 좌우로 저었다.

상황이 뭔가 이상하게 돌아가는 것이었다.

생각해 보니 위씨세가 중 누군가가 계략을 짠 것이 분명했다.

이번 용봉지회가 끝나면 가장 먼저 조사받아야 할 것이 위씨세가였다.

그런데 그들 중에 십대세가의 수장이 나온다면?

그때 다시 위지약의 목소리가 비무대 위에 울렸다.

"군사님, 공평한 판정을 부탁드립니다."

"그럼……."

막 판정을 내리려던 제갈공민이 반대쪽을 보며 고개를 갸웃했다.

가장 당황하고 있어야 할 당세령이 웃고 있었기 때문이었다.

정확히는 웃음을 참고 있는 표정이었다.

제갈공민과 시선이 마주친 당세령이 말을 이었다.

"저는 포기했지만, 사천당가는 포기하지 않았어요."

"그게 무슨 말인가?"

"제가 분명히 말씀드렸죠. 사천당가의 당세령이 포기한다고요. 사천당가에는 두 명의 참가자가 남아 있습니다."

말을 마친 당세령은 비무대 아래를 가리켰다.

제갈공민은 조금 전 당세령의 말을 떠올렸다.

생각해 보니 분명 가문이 아닌 개인이 포기한다는 표시를 했었다.

앞서 가문들이 줄줄이 포기하다 보니, 자신도 모르게 당세령의 표현을 개인이 아닌 가문의 입장으로 받아들인 것이었다.

제갈공민은 당세령이 가리키는 곳을 바라봤다.

그곳에는 설화와 청화가 눈을 빛내며 앉아 있었다.

순간 제갈공민은 헛숨을 삼켰다.

하나는 눈에 보이지 않는 신법을 구사하는 아이였고.

다른 하나는 공독지체에 이른 아이였다.

위씨세가의 후기지수들이 범접하지 못할 아이들이었다.

제갈공민은 고개를 돌려 모두를 바라보며 말했다.

"양쪽 세가에서는 다음 참가자를 올려 보내 주시오."

"헉!"

위지약이 비명을 질렀다.

그녀는 재빨리 제갈공민 쪽으로 다가갔다.

그러고는 따지듯 말했다.

"포기한다고 했잖아요?"

"흠, 정확히 개인이 포기한다는 거지 가문의 입장이 아니었네. 그것은 여기 모두가 증인이고."

제갈공민은 고개를 돌려 좌중을 바라봤다.

제갈공민이 좌중을 바라보자 그들은 고개를 끄덕였다.

그 말에 위지약이 힐끔 비무대 아래를 바라봤다.

그러고는 고개를 끄덕였다.

"마음대로 하세요."

말을 마친 위지약은 비무대에서 내려왔다.

위지약이 내려오자 위씨세가의 다음 참가자가 올라왔다.

올라온 위씨세가의 무사는 직계는 아니지만, 위씨세가의 후기지수 중 위지천 다음으로 강한 무사인 위지옥이었다.

위지약은 시선이 마주친 위지옥을 향해 입 모양으로 말했다.

"빨리 끝내."

"네, 알겠습니다."

위지옥이 말했다.

비무대로 올라간 위지옥은 적잖게 당황했다.

위지옥의 앞에는 조금 어려 보이는 소녀가 눈을 빛내고 있었다.

위지옥은 자신도 모르게 헛기침을 했다.

"흠."

그 소리에 반대편에 서 있던 소녀는 시선을 돌렸다.

위지옥은 웃음을 겨우 참았다.

자신과 눈도 마주치지 못하는 소녀를 상대로 어떻게 검을 휘두를 수 있겠는가?

위지옥은 위지약이 빨리 끝내라고 한 말을 이제야 알 수 있었다.

기권하고 내려갈 생각으로 아무나 참가 명단에 넣은 것 같았다.

세가의 일원이라면 아무나 넣어도 관계없으니 말이다.

그때였다.

제갈공민이 소녀가 있는 곳으로 걸어갔다.

그 눈빛은 상당히 초조해 보였다.

그 눈빛은 제갈공민의 진심이었다.

지금 올라온 소녀는 설화.

제갈공민은 설화와 청화의 활약을 두 눈으로 확인했다.

그가 걱정하는 것은 지금 하나였다.

"부탁이 하나 있다."

"뭔데요? 군사 아저씨."

"죽이지는 말아라. 그렇게 되면 골치 아파진다."

"그럼 반만 죽이는 건 괜찮죠?"

"나는 이번 비무에서 살심을 지워 줬으면 한다."

"걱정하지 마세요, 군사 아저씨."

설화가 해맑게 웃자 제갈공민은 한숨을 쉬며 자리로 돌아왔다.

그 모습에 위지옥은 속으로 헛웃음을 터뜨렸다.

아마도 기권할 것을 권하다가 설득에 실패한 모습이었다.

위지옥은 재빨리 한 걸음 앞으로 나와 설화에게 포권했다.

"나는 위씨세가의 위지옥이라 하오! 내 검은 운중산의 무쇠로 만든 낙월검이오. 또한 별호는 낙월일검이라오. 떨어지는 달빛도 내 검에 반 토막이 난다오."

기세등등한 위지옥은 자신의 별호까지 자랑스럽게 외쳤다.

그 모습에 고개를 갸웃한 설화가 말을 이었다.

"저는 사, 사천당가의 설화라고 해요."

설화는 사천당가가 입에 안 붙는지 살짝 더듬었다.

그 모습에 비무대 아래에서는 웃음이 터져 나왔다.

설화의 천진난만한 모습 때문에 본능적으로 터진 웃음이었다.

모두가 웃자 설화가 심호흡하면서 말을 이었다.

"별호는 설산신녀예요."

"설산신녀?"

위지옥은 고개를 갸웃했다.

아무리 생각해도 들어 본 적이 없기 때문이다.

그것도 잠시, 그의 입가에는 비웃음이 맺혔다.

설산신녀라는 별호가 마치 아이들의 놀이에서나 나올 법했기 때문이다.

그때였다.

비무장 아래가 웅성대기 시작했다.

"지금 설산신녀라고 했어?"

"그래, 자네 왜 그러나?"

"내가 무가지회에 조금 늦게 도착하지 않았나?"

"그렇지. 그런데 왜 그러나?"

"사천의 나루터에서 설산신녀라는 신진 고수를 본 적이 있어서 그렇다네. 그러고 보니……."

그는 비무대 위를 가리키며 말끝을 흐렸다.

비무대 위를 가리키던 이가 흥분한 목소리로 말을 이었다.

"진짜 설산신녀네, 설산신녀야. 허허, 저런 고수를 무가지회에서 다시 보다니……."

그의 말을 시작으로 여기저기서 설산신녀라는 단어가 언급되기 시작했다.

나루터에서 붙여졌던 설산신녀라는 별호는 늦게 도착한 무림세가 사람들 덕분에 어느 정도는 퍼져 있었다.

사람들은 설산신녀의 얼굴은 몰라도 그 별호는 모두 알고 있었다.

비무대 아래 웅성대는 소리에 제갈공민은 손뼉을 쳤다.

짝.

그 소리에 소란이 멈췄다.

하지만 제갈공민도 적잖게 놀랐다.

다른 이들이 설화를 알고 있다는 것이 놀라웠다.

제갈공민은 다시 한번 반성했다.

정의맹의 군사로 있으면서 강호의 정보에 너무 소홀했다는 생각이 들었다.

물론 설화를 바라보고 있던 위지옥도 갑자기 마음이 불편해졌다.

철모르는 어린 소녀로 알았는데 별호까지 가지고 있었다는 것이 놀라웠다.

거기에 비무대 아래에서 술렁이는 사람들의 모습을 보다 보니 왠지 설화가 만만치 않게 보였기 때문이다.

그때였다.

설화가 말을 이었다.

"그리고 내가 쓸 검은⋯⋯."

설화는 우혈랑검을 꺼냈다.

단검을 앞으로 내민 설화는 당당하게 외쳤다.

"그 이름은 비밀이에요!"

우혈랑검이라고 밝히려 했지만, 왠지 모든 것을 밝히는 것은 손해 보는 것 같은 느낌이 들었기 때문이다.

모든 것은 한빈의 영향이었다.

한빈의 모든 행동을 보고 배우다 보니 자신도 모르게 몸에 배어든 습관이었다.

하지만 좌중들의 반응은 설화가 예상했던 것과는 전혀 달랐다.

"설산신녀가 쓰는 검이 비밀이라고 하네."

"비밀이라⋯⋯."

"뭔가 있어 보이지 않나?"

"비밀이라는 이름을 어디선가 들어 본 듯한 것 같기도 하고."

"혹시 무림 칠대기보 같은 명검이 아닐까?"

"에이, 그 정도는 아니겠지. 그래도 비밀이라는 이름이 왠지 묵직해 보이네그려."

술렁이는 좌중의 모습에 설화는 조용히 하늘을 올려다봤다.

상대에게 혼란을 주려고 뱉은 말이 묘하게 돌아왔기 때문이었다.

자신의 우혈랑검이 졸지에 비밀이라는 희한한 이름으로 강호인들에게 불린다니!

우혈랑검의 '우(右)' 자가 무슨 뜻이던가?

한빈의 오른팔이라는 상징이었다.

설화는 자신이 조금 전 뱉은 말을 주워 담고 싶었다.

어쩔 줄 모르는 설화의 모습은 언뜻 보기에 대결을 겁내는 모습으로 보였다.

멀리서 지켜보던 위지옥은 회심의 미소를 지었다.

난데없이 등장한 상대의 별호 때문에 살짝 마음을 졸였는데, 저리 당황하는 모습을 보니 별거 아니라는 생각이 들었기 때문이다.

그때 제갈공민이 외쳤다.

"비무를 시작하겠소!"

그는 비무대의 가장자리로 물러났다.

그 외침에 위지옥은 검을 뽑아 들었다.

스릉.

낙월검이라는 그의 말은 허언이 아니었다.

달빛이라도 벨 것 같은 예기가 그의 검신에 흘렀다.

우우웅.

그의 검신이 살짝 떨린다.

위지옥의 내공과 검이 공명하는 것이다.

설화도 우혈랑검을 들었다.

하지만 빼내지는 않았다.

도리어 품에서 천을 꺼내 우혈랑검의 검집을 닦았다.

검집을 닦아 낸 설화는 천을 다시 품에 집어넣었다.

누가 봐도 무인의 모습과는 거리가 멀었다.

그 모습에 상대와의 간격을 좁히던 위지옥이 말했다.

"무례하군."

"오늘은 검신에 피를 묻히기 싫어서요."

"무례한 것이 아니고 광오한 것이었군. 조그만 것이 겁도
없이……."

대화를 이어 나가던 위지옥은 재빨리 검을 찔러 들어갔다.

원래 비무에서 상대를 봐준 적이 없는 그였다.

가장 빠르게 끝내는 것이 약자에 대한 예의.

승.

일직선으로 찔러 들어가는 그의 검이 파공성을 냈다.

그의 검에는 추호도 봐주지 않겠다는 결의가 담겨 있는 듯 보였다.

위지옥의 공격에 좌중들의 탄성이 흘러나왔다.

"조심!"

"저대로면 설산신녀가!"

모두가 비명을 지를 때였다.

설화는 그가 다가오는 만큼 뒤로 물러났다.

사사삭.

마치 소풍을 나온 것같이 여유로운 보법으로 물러서고 있었다.

사실 설화도 위지옥과 마찬가지의 생각을 가지고 있었다.

깔끔하게 끝내는 것이 약자에 대한 예의.

하지만 위지옥의 말 한마디에 설화의 생각이 바뀌었다.

그것은 '조그만 것이'라는 단어였다.

그 말에 설화의 표정이 바뀌었다.

설화는 지금 무표정한 얼굴로 간격을 계산하고 있었다.

간격을 계산하며 비무의 시작과 끝을 머릿속으로 그렸다.

설화가 비무대의 끝까지 몰리자 좌중들은 다시 탄성을 질렀다.

물론 위지옥의 입꼬리는 슬쩍 올라갔다.

도망치기만 하는 설화의 모습을 보고 있자니, 별호를 듣고 경계했던 자신이 우스워졌다.

위지옥은 검을 길게 뻗었다.

"여의활검."

그것은 그가 주로 쓰는 위씨세가 망향검의 일 초식이었다.

순간 갑자기 검이 여의봉처럼 늘어났다.

모두는 눈을 크게 떴다.

아래에서 구경하는 사람들의 눈에도 검이 두 뼘 정도는 늘어난 것처럼 보였다.

위지옥은 입가에 미소를 지었다.

끝까지 몰린 상대가 피할 곳은 없었다.

여의활검의 원리는 간단했다.

처음 공격에서는 최대 간격으로 검을 뻗지 않는다.

그러다가 마지막에 검을 뻗으면 검이 늘어난 것과 같은 착각이 든다.

항상 같이 수련하는 위씨세가의 무사들에게는 통하지 않지만, 다른 가문의 무사들은 그 원리도 깨닫지 못한 채 당하는 수법이었다.

"이제 그만 가거……."

위지옥은 말을 맺지 못했다.

상대가 앞쪽에서 사라졌기 때문이었다.

그의 귓가에 낙엽 밟는 소리만이 울려 퍼졌다.

사사삭.

위지옥은 검을 내민 채 멍하니 허공을 바라봤다.

그때였다.

뒤쪽에서 목소리가 들려왔다.

"혹시 저 찾아요?"

순간 위지옥은 등골이 서늘해졌다.

그 목소리는 분명 설화의 목소리였다.

거리는 반걸음.

상대의 검은 단검인 데다 어린 소녀답게 팔 길이도 짧지만, 이 정도 거리라면 자신의 목이 달아나는 것은 시간문제였다.

물론 비무라는 특성상 진짜 목숨이 달아나지는 않겠지만 말이다.

위지옥은 재빨리 몸을 돌리며 검을 횡으로 그었다.

횡.

위지옥은 자신도 모르게 검에 기를 담았다.

순간 일렁이는 검기.

기가 담긴 검신이 공간을 가르자 파공성이 일어났다.

팡!

위지옥은 순간 눈을 가늘게 떴다.

분명 반보 뒤였는데, 몸을 돌려 보니 설화의 모습은 어디에도 없었기 때문이다.

그때였다.

위지옥의 옆쪽에서 설화의 신형이 나타났다.

위지옥은 지체 없이 그곳을 향해 검을 찔러 들어갔다.

설화는 반격도 하지 않고, 반보 물러났다.

파박.

이번에는 눈에 보이지 않을 정도의 움직임은 아니었다.

위지옥은 고개를 흔들었다.

자신의 간격에서 빠져나간 이전 상황이 혹시 착각이 아닐까 하는 생각이 들었다.

하지만 아래에서 지켜보던 이들은 설화의 움직임을 어렴풋이 볼 수 있었다.

설화는 위지옥의 검을 아슬아슬하게 피하고 있었다.

그런데 그 모습이 마치 위지옥을 유인하는 것만 같았다.

얼마나 지났을까?

대결의 양상은 처음과 변함이 없었다.

설화는 위지옥의 간격 안에 있었다.

하지만 위지옥의 검을 아슬아슬하게 피해 갔다.

휙!

위지옥이 태산을 쪼갤 듯한 기세로 아래로 검을 그었지만, 설화는 정확히 반보 옆으로 비켜 나갔다.

위지옥의 머릿속에는 딱 한 가지 생각밖에는 없었다.

'조금만 더.'

딱 한 뼘이었다.

그 차이로 설화는 위지옥의 검에서 벗어나고 있었다.

"헉, 헉."

위지옥은 자신도 모르게 숨을 몰아쉬었다.

삼 일 밤낮을 싸웠다는 무림 고수들의 이야기도 있었지만, 후기지수 중 그런 경지에 있는 이는 없었다.

위지옥은 쉴 틈 없이 반 시진 넘게 검을 휘둘렀다.

거기에 검기까지 펼친 상태였다.

이렇게 지치지 않는다면 도리어 그것이 이상한 것이었다.

휘청.

위지옥의 몸이 살짝 흔들렸다.

상대의 공격에 의해서 흔들리는 것이 아니었다.

기력이 다한 것이었다.

그때였다.

위지옥이 쓰러지는 방향에서 단검이 날아들어 왔다.

휙!

생각지도 못한 살기가 담겨 있는 일격이었다.

위지옥은 자신도 모르게 재빨리 몸을 돌렸다.

아슬아슬하게 설화의 우혈랑검이 그의 옷자락을 스쳤다.

그때부터 정반대의 상황이 되었다.

설화의 공격을 위지옥이 피하기에 급급했다.

그 비무 장면을 바라보는 위지약은 입술을 깨물었다.

위씨세가 최고의 무사가 비무대에서 놀림감이 되고 있는

장면을 인정할 수 없었다.

저건 일부러 비무를 끝내지 않고 있었다.

위지옥은 아슬아슬하게 피하는 것이 아니었다.

상대의 검이 위지옥의 옷자락을 노리고 있을 뿐이었다.

다만, 당하는 위지옥이 상대의 검을 아슬아슬하게 피했다고 착각하고 있을 뿐이었다.

"헉헉."

위지옥이 숨을 몰아쉬었다.

이제는 못 움직이겠다는 듯 위지옥은 멈췄다.

그러고는 기수식을 취했다.

그의 낙월검은 사시나무 떨리듯 좌우로 움직이고 있었다.

누가 보면 세찬 바람에 휘날리는 나뭇가지로 착각할 정도였다.

좌중들도 설화의 무위를 그제야 깨달았다.

"대단하군, 역시 설산신녀야."

"그래, 상대를 봐주겠다는 거잖아. 그런데 왜 비무를 포기 안 하지?"

"그러게. 설산신녀가 그렇게 봐줬으면 이쯤 해서 포기해야 하는 거 아닌가?"

"저러면 맞아도 할 말 없지."

그들이 봤을 때 비무의 내용은 압도적이었다.

하지만 비무대 위에 서 있는 위지약은 인정할 수 없었다.

딱 한 뼘의 차이였다.

상대가 운 좋게 한 뼘 차이로 자신의 검을 피해 나갔다고 생각하고 있었다.

물론 그것은 설화가 만들어 준 착각이었다.

모두가 술렁이는 가운데, 비무를 보고 가장 놀란 이는 따로 있었다.

그는 하북팽가의 팽혁빈이었다.

팽혁빈은 갑자기 속담 하나가 생각났다.

그것은 등잔 밑이 어둡다는 말이었다.

동생인 한빈의 시녀가 저토록 고강한 무공을 지니고 있을 줄은 몰랐다.

어느 정도 수준의 무공을 익히고 있다는 사실을 몰랐던 것은 아니었다.

하지만 이 정도일 줄은 몰랐다.

"허, 그것도 모르고 이것저것 심부름을……."

그는 말끝을 흐렸다.

아무리 시녀라 할지라도 저 정도의 고강한 무공을 지닌 무인이라면 대우를 해 주는 것이 예의였다.

그런데 동생인 한빈은 저런 무인을 일개 시녀로 쓰고 있었다.

"허."

한숨이 다시 터져 나왔다.

땅속에 묻힌 한빈이 떠오르자 복합적인 감정이 머리를 어지럽혔다.

그때였다.

많이 들어 본 목소리가 그의 귓가에 울렸다.

"제법 하죠?"

팽혁빈은 고개를 돌렸다.

순간 팽혁빈의 눈이 한계까지 커졌다.

그곳에는 다름 아닌 한빈이 빙긋 웃고 있었다.

달라진 것이라고는 무복밖에 없었다.

평소 붉은 무복을 입고 다니던 한빈이었다.

하지만 지금은 적혈맹호대의 대원들처럼 회색 무복을 입고 있었다.

그것 말고 달라진 점은 아무것도 없었다.

입술을 달싹이던 팽혁빈이 입을 열었다.

"한빈……."

하지만 그의 말이 끝나기도 전에 한빈의 검지가 팽혁빈의 입술을 막았다.

"일단 진정하시죠, 형님."

"대체 어떻게 된 일이냐? 어떻게 나온 것이야?"

"그건 나중에 말씀드리고요. 부탁 하나만 드릴게요."

한빈이 빙긋 웃었다.

그 웃음에 팽혁빈의 눈이 커졌다.

분명히 동생 한빈인데, 뭔가가 달라졌다.

지금 웃음에는 묘하게 현기가 담겨 있었다.

'마치 득도한 고승의 웃음처럼 보이는 것을 왜일까?'

팽혁빈은 한빈을 유심히 바라봤다.

그때였다.

주변에서 함성이 울렸다.

"와아!"

"설산신녀가 이겼다."

"이거 묘하게 재미있는 비무였네."

"그러게 말일세."

좌중들이 웅성거릴 때 비무대에서는 창백한 얼굴을 한 위지옥이 부축을 받고 내려오고 있었다.

말이 부축이지, 양발이 공중에 떠 있는 것으로 봐서는 의식이 아예 없는 것으로 보였다.

다음 권으로 이어집니다